Stephanie Palm • Roswitha Perniok
Mitten im Sprung

Für unsere Töchter

Dorothea und Katrin

Bibliografische Information der Deutschen
Nationalbibliothek:
Die Deutsche Nationalbibliothek verzeichnet
diese Publikation in der Deutschen National-
bibliografie; detaillierte bibliografische Daten
sind im Internet über http://dnb.d-nb.de
abrufbar.

Dieser Titel ist auch als E-Book erhältlich.

© 2020 Palm, Stephanie; Perniok, Roswitha

Herstellung und Verlag: BoD – Books on
Demand, Norderstedt
ISBN: 9783750499737

Covergestaltung: Heidi Gloßner
Illustrationen: Dorothea Perniok
Lektorat: Gabi Höbenreich-Hajek

Stephanie Palm
Roswitha Perniok

Mitten im Sprung

Niemals war mehr Anfang als jetzt.

(Walt Whitman)

12.02.2019 um 23:08
Von: eva.b@xx.de
An: karin.g@xx.de
Betreff: Zufall

*Von **Zufall** (lat. casus fortuitus) spricht man, wenn für ein einzelnes Ereignis oder das Zusammentreffen mehrerer Ereignisse keine kausale Erklärung gefunden werden kann.*
Wikipedia

Liebe Karin,

unverwandt starre ich auf den Kassenbon der Bäckerei Hartmann. Ein Croissant, ein halbes Roggenbrot, das gestrige Datum und, auf der Rückseite in Eile notiert, eine Mail-adresse.

Unsere Begegnung war also kein Traum! Obwohl ich immer noch ein bisschen zweifle, wenn ich die Szene vor meinem geistigen Auge ablaufen lasse:

Eine ganze Weile sitze ich schon auf dem alten, abgewetzten Sofa in meiner Stamm-buchhandlung, die warme Februarsonne wohlig im Rücken, tiefenentspannt, im Medi-tationsmodus. Ich liebe diesen Platz. Hier kann ich abtauchen, vergessen, leer werden und einfach *da* sein.

Alles um mich herum lässt sich mühelos ausblenden und ich tauche tief hinein in dieses Bild, gegenüber an der Wand, verschmelze mit den Farben …

Auguste Renoir
Begegnung im Rosengarten
Original: Öl auf Leinwand
46 x 56 cm

Da schiebt sich aus der Ferne ein Wort in mein Bewusstsein.
«Eva?»

Langsam lockt mich diese Stimme zurück in die Gegenwart. Eine Ahnung. Tief in mir nehme ich sie wahr. Fragend drehe ich meinen Kopf.
«E.V.A.!!!»
«Äh, ja?»
«Wer … ? NEIN! …nein, das glaube ich nicht!»
Das Sitzmöbel erzeugt sekundenschnell einen Magneten, der mich in die Kissen drückt, mein Mund versucht vergeblich, weitere Worte zu formen, bleibt aber unvorteilhaft offenstehen.
Du lässt dich, ebenso sprachlos, neben mich auf das Sofa fallen, legst deine Hand auf meinen Arm. Dann springt wie auf Knopfdruck, synchron bei uns beiden, der Auto-

matismus an und schleudert die einfältigste aller Fragen in den Raum.

«Was machst du denn hier?»

Du bist auf dem Sprung, hast einen wichtigen Termin. Wir haben gerade mal Zeit, unsere Mailadressen zu tauschen - und das Versprechen, uns *auf jeden Fall zu schreiben* - und schon eilst du winkend, mit wehendem Schal wieder davon. Ich bleibe verblüfft und wie angewurzelt sitzen, kann nicht glauben, was ich soeben erlebt habe: Du bist wieder in der Stadt!?!

40 Jahre haben wir uns nicht gesehen, Karin. 40 Jahre! Keine halbe Ewigkeit, eine ganze.

«Wir werden für immer Freundinnen bleiben, egal was kommt!» Wie oft wurde dieser Schwur schon geleistet? Und wie oft hatte das Leben andere Pläne in der Schublade? Wir bilden keine Ausnahme. Auch wir sind getrennte Wege gegangen und haben uns aus den Augen verloren. Vier Jahrzehnte später stolpern wir unverhofft wieder übereinander! Was für ein unglaublicher Zufall!

Ausgerechnet vor diesem Bild.

Begegnung im Rosengarten. Nomen est omen. Für mich ist das nicht irgendein Bild. Es ist das Bild meines Lebens. Und ich habe es für mich umbenannt in *Begegnung auf der Roseninsel*. (Wir waren einmal gemeinsam dort, du und ich ... kannst du dich daran erinnern?) ...

Natürlich ist es nur ein Kunstdruck. Aber ist das entscheidend? Wer sagt, dass es ein Original sein muss? Ja, es trägt die Farben, die der Künstler ursprünglich verwendet hat, die von ihm persönlich ausgesuchte Leinwand, seinen kreativen Geist. Aber berührt eine Kopie nicht ebenso?
Und wie ist es denn generell im Leben? Müssen wir immer nur Anspruch auf Originale haben, oder dürfen wir uns auch mit Kopien zufriedengeben?

… aber oje, schon schweife ich ab – da hast du's! Wie früher!
Sicher hast du sie nicht vergessen, unsere langen Spaziergänge, bei denen ich immer wieder abrupt stehen blieb, weil mich ein neuer Gedanke überfiel, den ich erst mal ins Gespräch einordnen musste!
«Kannst du denn nicht gleichzeitig denken und gehen?», hast du dann immer lachend gefragt.

Es ist unfassbar, du bist wieder da!!!
Wie ist es dir in all den Jahren ergangen, Karin? Was hast du erlebt? Wie hast du dich entwickelt? Was bist du heute für ein Mensch?
Ich muss schmunzeln, denn früher hättest du alle meine Fragen fein säuberlich in eine Tabelle einsortiert und sie dann Schritt für Schritt systematisch abgearbeitet. Machst du so was immer noch?
Wenn ja, helfe ich dir in dem Fall gerne dabei. Ich bin so gespannt, dich neu kennenzulernen, liebe Karin!

Ob wir Gemeinsamkeiten wiederentdecken und dort anknüpfen können, wo wir vor 40 Jahren aufgehört haben?

Das wäre wunderbar! Ich freue mich so, dass du mir wieder ZUgeFALLen bist!

Eva

13.02.2019 um 07:14
Von: karin.g@xx.de
An: eva.b@xx.de
Betreff: Original oder Kopie?

Liebe Eva,

Umwege erhöhen die Ortskenntnis! Auf dem Weg zu meinem Termin waren noch ein paar Minuten Zeit, ich wollte nicht übereifrig wirken. Ja, ich weiß, mein pingeliger Drang zur Pünktlichkeit! Sie ist mir immer noch wichtig - und zu früh ist ja genauso unpünktlich wie zu spät. Deshalb also mein spontaner Schwenk zur Buchhandlung, wo wir uns gestern begegnet sind.

Auch ich war wie vom Donner gerührt als ich dich wie eine Fata Morgana in deiner Kuschelecke auf der Couch sitzen sah. Sag mal, hast du deinen Lieblingsplatz jemals verlassen oder schmökerst du seit 40 Jahren nonstop hier?
Manchmal, wenn ich zu Besuch bei meinen Eltern war, habe ich durch das Schaufenster nach drinnen geschaut. Und immer wanderte mein Blick zu diesem geschwungenen Oma-Sofa mit dem rosafarbenen Samtbezug, das zunehmend schäbiger aussah im Laufe der Jahrzehnte.

In Kombination mit Renoirs *Rosengarten* wirkte es wie ein Relikt aus längst vergangenen Schulzeiten auf mich. Verblasst, aber unvergessen. Immer lächelte ich dir zu, denn ich sah dich wirklich dort sitzen. Meine Eva, die größte Bücherfresserin aller Zeiten! Dass wir uns gestern dort getroffen haben, ist unglaublich. Mit einem Schlag hat sich leise quietschend mein «Erinnerungskästchen» geöffnet. Nur an den Besuch auf der Roseninsel vor 40 Jahren erinnere ich mich kaum, tut mir leid. Warum war denn dieser Besuch damals für dich so bedeutsam?

Ich bin erst seit vier Monaten wieder in der Stadt. Meiner Mutter geht es gesundheitlich nicht so gut, da möchte ich in ihrer Nähe sein. Sie wohnt inzwischen alleine in einer 2-Zimmerwohnung. Nach dem Tod meines Vaters hat sie unser Haus im Riemenschneiderweg verkauft.

Du fragst mich, was ich gemacht habe in all den Jahren? Viele Umwege bin ich gegangen, immer auf der Suche nach einem noch spannenderen Job, dem Traumprinzen, mehr Fülle und Erfüllung. Du fragst mich, wie es mir ergangen ist? Es war ein Auf und Ab, eigentlich nur mit einer einzigen wichtigen Erkenntnis:

Wenn es nicht mehr weitergeht, dann weiß man wenigstens, wo das Ende ist! Klingt zu pessimistisch? Das soll es nicht! Ich bin realistisch geworden.

Ob uns der berühmte Zufall gezielt oder willkürlich trifft, ich habe keine Ahnung! Immer wieder habe ich versucht, die Zufälle meines Lebens zu verstehen, sie einzuordnen und (nachträglich) mit Sinn aufzuladen.
Wenn ich nach dem Abi nicht weggezogen wäre, dann wäre mein Leben anders verlaufen und ich damit heute ein anderer Mensch. Wenn ich dich gestern nicht in der kleinen Buchhandlung wiedergesehen hätte, dann würde ich dir jetzt nicht schreiben. *Dass* ich dir aber maile, erfüllt mich mit größter Freude!

In mir ist ein warmes Gefühl, so wie heimkommen nach einer langen Reise:
In der Küche riecht es nach frisch gebackenem Kuchen, der schon auf dem Küchentisch steht. Daneben meine alte, abgeschlagene Tasse mit dampfendem Kaffee. Und du sagst: «Da bist du ja endlich. Setz dich und erzähl ...»

Liebe Eva, du bist mir überhaupt nicht fremd nach all den Jahren. Im Gegenteil, mit jeder Zeile meiner E-Mail wächst eine wohltuende Vertrautheit.

Mich interessiert brennend, wie es dir ergangen ist, was du erlebt hast, was «aus dir geworden» ist. Rein optisch hast du dich jedenfalls nicht nennenswert verändert, sonst hätte ich dich nicht sofort erkannt. Noch immer liebst du weite Walle-Walle-Kleider, trägst deine dunklen Haare offen und lang. Inzwischen sind sie grau, es steht dir wunderbar! Immer noch dekorierst du deine Ohren mit extravaganten Ohrringen in Übergröße. Bist du mit deinen Marken-zeichen im Laufe der Jahrzehnte zum unver-wechselbaren Original geworden?

Der Zwang zum Unikat und das Streben nach einem unverwechselbaren Finger-abdruck sind heutzutage in meinen Augen extrem. Und dann dieser Selbstfindungs- und Optimierungswahn: *Mach! Dich! Besser!* Für alles gibt es so genannte Experten, die dich coachen zu Fragen und Problemen, von denen du nicht einmal wusstest, dass du sie hattest…

Aber auch Kopien leben nicht bequem, schau dir die Influencer-Szene an.

Wer wie die gute Kopie eines hippen Originals auftritt, der hat eine echte Aufgabe.
Also raus damit! Wo bist du Original? Und wo Kopie?
Du inspirierst mich, liebe Eva, merkst du das? So wie damals, auf unseren gemeinsamen Gewaltmärschen: Ich wollte immer Strecke machen und schnellstmöglich am Ziel sein. Aber unsere küchenpsychologischen Boxenstopps waren die Krönung der ganzen Rennerei…
Manchmal war es solch ein Wortgeschwurbel, dass wir am Ende beide nicht mehr wussten, welcher Gedanke am Anfang stand. Meistens ging es um Jungs, Miniröcke, Ausgehen, unsere unmöglichen Eltern und Geschwister, um Lehrer, Noten, Diäten. Und gar nicht so selten haben wir uns gegenseitig von unseren Träumen erzählt!
Was ist aus deinen wunderbaren Luftschlössern geworden? Bewohnst du sie oder sind sie zerplatzt wie Seifenblasen? Hast du Kunstgeschichte studiert, so, wie du es vorhattest? Oder bist du etwa Malerin?

Schreib mir bitte bald, sonst platze ich vor Neugier! Es grüßt dich herzlich

Karin

16.02.2019 um 18:12
Von: eva.b@xx.de
An: karin.g@xx.de
Betreff: Läuft das Leben so?

Liebe Karin,

was passiert hier gerade? Die Vergangenheit taucht auf einmal an verschiedenen Ecken aus der Versenkung. 1980 reloaded, wie mir scheint.

Du wirst es nicht glauben, was mir widerfahren ist! Eine liebe Nachbarin musste kürzlich ins Altenheim ziehen. Heute Nachmittag habe ich sie besucht und stell dir vor:
Sie teilt ihr bescheidenes Zimmer mit Frau Habersack! Eleonore Habersack! 12. Klasse, Mathematik-Grundkurs! Der ultimative Albtraum meiner Schulkarriere! Ich sehe sie lebhaft vor mir: Sie wirkte in ihren damals jungen Jahren schon faltig und verknöchert.
Stets auf plumpem Fuß in robusten Wanderschuhen unterwegs, gehüllt in grobe Tweedröcke und gestärkte Blusen. Die dauergewellte Topffrisur werde ich nie vergessen und genauso wenig ihren Lieblingsspruch:

«Denken Sie immer daran: *Wenn etwas leicht geht, ist es definitiv falsch!*», gefolgt von einem abrupt ausgespuckten Lacher und kindlicher Freude über ihren eigenen Witz.

Sie hat mich nicht erkannt. Sie erkennt niemanden mehr. Nicht einmal die Pflegekraft zwischen Frühstück und Mittagessen. Endstation Rollstuhl, körperlich und geistig schon fernab von dieser Welt.

Wieder so ein Fall! Wenn ich mich in meinem Bekanntenkreis umsehe, stelle ich mit Schrecken fest, wie viele momentan mit Krankheit, Gebrechen oder Tod ihrer Eltern konfrontiert sind. Auch deine Mama ist also inzwischen Witwe! Schlimm, wenn im Alter auf einmal nicht nur der Partner fehlt, sondern die gesamte vertraute Umgebung wegbricht. Wie oft bleiben dann nur schmerzhafte Erinnerungen, Einsamkeit, Leere!
Und dein Elternhaus verkauft, ach Karin! Da geht ein Stück Kindheit dahin. Ich mochte euer Haus, habe mich immer wohl gefühlt bei dir zuhause. Und errätst du, was mir als Erstes einfällt, wenn ich an deine Mutter denke? Grießbrei! Bei uns daheim gab es nie welchen, weil ihn weder meine Eltern noch mein Bruder mochten. Deine Mutter wusste, wie gerne ich ihn esse, und hat oft einen für uns gekocht. Mit heißer Himbeersauce. Weißt du noch?

Meine Eltern sind beide schon verstorben, kurz hintereinander. Mein Vater hat meine an Demenz erkrankte Mutter jahrelang gepflegt. Nach ihrem Tod kam er alleine nicht mehr klar, zu eng waren sie ihr Leben lang miteinander verbunden.

Alles hat seine Zeit. Wir begleiten die Kinder ins Erwachsensein und dann bleibt nicht viel Luft, bis die eigenen Eltern versorgt werden wollen. Der Lauf des Lebens.

Der Lauf des Lebens? Läuft das Leben so? Angesichts der Tatsache, dass wir die nächste, die *alte* Generation sind, packt einen schon das große Grübeln am Kragen, findest du nicht? Mir ist die Vergänglichkeit wesentlich bewusster wie früher. Mein Credo ist deshalb: Nicht die Augen verschließen vor der Wirklichkeit, aber so intensiv wie nur möglich das Leben genießen. Denkst du ebenso oder ähnlich? Auch wenn du es abgeschwächt hast, meine ich doch, ein wenig Pessimismus zwischen deinen Zeilen zu spüren. Aber ich mag mich - hoffentlich - täuschen.

Die Baupläne meiner Luftschlösser haben sich *a bisserl* geändert, liebe Karin.

Was letztendlich entstanden ist, sind kleine, feine Gartenhäuschen! Nein, aus mir ist keine Malerin geworden. Jeden nur verfügbaren Aquarellkurs hatte ich gebucht, unzählige Zeichenworkshops besucht und mich redlich bemüht, bis ich einsehen musste, dass kein grüner Zweig in Sicht war. Ich wurde in der Talenterbfolge übersprungen. Punkt.

Mein Großvater, der Malerfürst unserer Familie, hat seine Künstlergene zwar weitergereicht, jedoch an seine Urenkelin. Aber auch das ist gut so!

Und nein, ich habe auch nicht Kunstgeschichte studiert! Im Gegensatz zu dir bin ich nie aus unserer Heimatstadt herausgekommen, ja nicht mal aus unserem Viertel!

Mir war immer klar, dass du weggehst, früher oder später. Hier wäre dir die Decke auf den Kopf gefallen. Du mit deinem Selbstbewusstsein, mit deinem Charisma, deiner Weltoffenheit.

All das habe ich sofort wieder deutlich gespürt, und du siehst blendend aus wie eh und je. Wie machst du das nur?

So, ich habe mich rein optisch nicht nennenswert verändert? Du schmeichelst mir! Meine Haarfarbe geht nicht mehr als dunkel durch, zu viele graue Fäden durchziehen die Frisur, und es handelt sich auch nicht mehr nur um Lachfalten, die mein Gesicht «umspielen» Aber der extrem dürre Hungerhaken ist Vergangenheit, wenigstens eine Kleidergröße habe ich immerhin zugelegt.

Schön, dass du in die Nähe deiner Mutter gezogen bist, um für sie da zu sein. Aber du bist nicht alleine gekommen, nehme ich an. Du hast doch Familie?
Ach herrje, es gibt so viel zu fragen, zu erzählen, und die Gedanken laufen schon wieder kreuz und quer. Aber egal. Wir haben uns wiedergefunden. Wir werden uns sortieren!

Für den Moment muss ich allerdings unterbrechen, um mich für die Lesung in der Buchhandlung heute Abend ein wenig frisch zu machen. Die Organisatorin sollte pünktlich sein! Nur eins noch, bevor ich den Laptop zuklappe. Weil du gefragt hattest. Dort, ja dort kann ich Original sein, zwischen all den Büchern. Da ist meine Welt. Da bin ich Eva. Da bin ich echt.
Und echt bin ich in der Musik. Mit meinem Instrument, mit meinem Cello. Literatur und Musik haben mich geprägt und werden lebenslange Wegbegleiter bleiben.

Und es gibt das eine oder andere weitere Beispiel - aber jetzt spute ich mich! Das nächste Mal mehr davon!

Ein Amuse Gueule zur Befriedigung deiner Neugier habe ich dir serviert. Du kredenzt den ersten Gang, ja?

In ungeduldiger Erwartung!!!

Eva

01.03.2019 um 07:25
Von: karin.g@xx.de
An: eva.b@xx.de
Betreff: Schlaganfall!!

Liebe Eva,

ja, manchmal holt uns die Vergangenheit ein.

An Frau Habersack habe ich nicht mehr gedacht, seit ich Mathe nach der 12. Klasse abgelegt habe. Es tut mir schrecklich leid, was aus ihr geworden ist.

In seltenen Momenten, wenn meine ansonsten zuverlässige innere Kontrollinstanz schläft, ergreift mich die Panik. Ja, wir sind die Nächsten. Und ja, so läuft das Leben. Zuerst meine eigene Familie, jetzt aktuell: meine Mutter.

Entschuldige bitte, dass ich dich mit meiner Antwort auf deine letzte E-Mail so lange habe warten lassen. Meine Mutter kam Knall auf Fall ins Krankenhaus, sie hatte einen Schlaganfall. Einige Tage sah es gar nicht gut aus, sie war verwirrt, hatte Lähmungen und konnte nicht mehr sprechen. Da war sie wieder, die Panik in mir. Trotz der Wut im Hintergrund, die ich ihr gegenüber spüre, ich liebe sie doch.

Mir war nicht bewusst, wie viel Mitgefühl in mir steckt. Stundenlang saß ich an ihrem Bett, Erinnerungssplitter aus den unterschiedlichsten Phasen unserer komplizierten Beziehung schwirrten mir im Kopf herum.

Ich möchte dir eine kleine Geschichte erzählen, die mich sehr bewegt:
Als meine Mutter Mitte der 1950er-Jahre mit ihrem Ballett-Ensemble auf Tournee ging, lernte sie in Mailand einen wohlhabenden Geschäftsmann kennen. Er hatte sie auf der Bühne gesehen und sich bis über beide Ohren in sie verliebt. Ob sie eine Affäre hatten? Das habe ich sie nie gefragt, wir waren nicht so vertraut miteinander. Aber sie erzählte mir einmal, dass sie während der monatelangen Europatour großes Heimweh hatte, dass sie sich ein Leben in Italien oder anderswo nicht hätte vorstellen können.
Zum Abschied schenkte ihr der italienische Kavalier ein Bettelarmband mit einigen Anhängern. Meine Mutter kehrte zurück nach Deutschland. Die große, weite Welt mit glänzenden Karriere-Perspektiven gab sie auf und arbeitete danach als Sekretärin in unserer kleinen Stadt. Kurz darauf lernte sie meinen Vater, einen jungen Lehrer kennen. An seiner Seite arrangierte sie sich als Hausfrau und Mutter.

Im Laufe der Jahrzehnte gesellten sich weitere Anhänger an das Bettelarmband, die weiblichen Familienmitgliedern mütterlicherseits gehörten: ein Ring ihrer Mutter, eine bunte Glaskugel vom Hut ihrer Tante, ein Ohrring ihrer Patentante.

Vor 14 Jahren schenkte mir meine Mutter das Armband. Doch ich trug es nie, weil mich das Geklingel und Geklirre der Anhänger am Handgelenk störte. Auch als improvisierte Kette an einem Lederband lag es mir wie ein Mühlstein um den Hals. Ich hatte das unerträgliche Gefühl, es wiegt zu schwer, zieht mich buchstäblich hinunter, ist eine zu große Bürde. Nur bei festlichen Anlässen konnte ich das Schmuckstück *er-tragen*.

Kurz vor meinem 60sten Geburtstag stand ich dann im Laden einer jungen Goldschmiedin. Eine moderne, zu mir passende Schmuckversion wünschte ich mir. Aber wie? Um es kurz zu machen, die Goldschmiedin hat ein kleines Wunder vollbracht: Endlich passt dieses Familienschmuckstück zu mir und meinem Leben. Zufall? Nicht für mich!
Bei einem Besuch im letzten November trug ich meine neue Kette und war gespannt auf die Reaktion meiner Mutter.

Das Schmuckstück war ja inzwischen gravierend verändert.

«Ach, mein Bettelarmband», sagte sie erstaunt. «Schön! Das steht dir, sieht viel besser aus als vorher.» Seither hat das *Betteln* um gegenseitige Anerkennung, um Verständnis und Toleranz unserer verschiedenen Lebensentwürfe zwischen uns aufgehört.

Meine Mutter hätte sich anders entscheiden können, damals in Mailand.

Aus freien Stücken hat sie einen anderen Weg eingeschlagen. Das Bettelarmband ist für mich symbolischer Ausdruck dafür. Das eigentliche Geschenk liegt in der Botschaft dahinter:

Sich selbst erkennen. Sich nicht über andere erheben. Und dankbar sein, wie frei wir Frauen unserer Generation heute sind.

Liebe Eva, momentan bin ich wenig optimistisch, bin innerlich und äußerlich angeschlagen. Kein Wunder nach den letzten beiden Wochen! Von wegen *du siehst blendend aus wie eh und je…*

Draußen fällt ein wenig Schnee. Es sind federleichte Flocken, die zögernd zu Boden schweben.

Sie scheren sich nicht um mein inneres Wirrwarr, meine Mutter ist ihnen egal. Die Trudelei der Flocken provoziert und fasziniert mich gleichermaßen.

Langsamer leben, kürzertreten – danach verspüre ich heute eine tiefe Sehnsucht. Wegen der aktuellen Situation müssen natürlich meine Bedürfnisse zurückstehen.

Karin

P.S.: Ich wohne in der Tizianstraße 37, ich hoffe, dass wir uns nach dem ganzen Stress mit meiner Mutter persönlich sehen. Im Frühling! Vor meinem inneren Auge sitzen wir bereits mit einem Glas Aperol Spritz auf meinem Balkon. Freu mich schon ...

2. März 2019

Liebe Karin,

mit Betroffenheit lese ich deine Zeilen! Wahrlich schlechte Nachrichten!

Was du berichtest, berührt mich sehr und ich spüre deutlich das sensible und verletzliche Herz, das schon damals in dem nach außen so tough wirkenden Mädchen gewohnt hat. Wie habe ich diesen weichen Kern an dir geschätzt! Gesagt habe ich es dir nie. Leider!

Ich kann mir gut vorstellen, wie du dich fühlst, wie auf einmal eine schwere Decke über den Alltäglichkeiten lastet, das Leben lähmt, den Atem nimmt. Du sollst und möchtest für deine Mutter da sein, gleichzeitig Verantwortung tragen, Lösungen finden, funktionieren. Alles zusammen eine immens schwere Aufgabe. Ich spreche da aus eigener Erfahrung. Natürlich wünsche ich sehr, dass sich deine Mutter schnell erholt. Da wirst du einiges zu arrangieren haben bezüglich ihrer Betreuung, nehme ich an!
Du hast hoffentlich vertraute Menschen an deiner Seite, die dich stützen und begleiten? Vielleicht darf auch ich ein wenig für dich da sein?

Als ob du es geahnt hättest, dass ich dir zum Zeichen meiner Verbundenheit dieses Mal einen *echten* Brief schreiben möchte, lieferst du mir direkt deine Adresse mit! Danke dir!

Die Vorteile elektronischer Post will ich nicht missen, doch gibt es eben keinen persönlicheren Weg der schriftlichen Kommunikation wie einen klassischen Brief. In der Beziehung bin ich gerne altmodisch.
Gemütlich am Schreibtisch mit Blick in den Garten, ungestört, eine Tasse Tee oder ein Glas Wein daneben, gedanklich ganz - in diesem Fall bei dir! Ich überlege mir reiflich, was ich zu Papier bringen möchte, eine Korrekturtaste gibt es nicht. Jungfräuliche Blätter füllen sich Wort für Wort mit meinen Gedanken, werden dann, umhüllt von einem schönen Kuvert, auf die Reise geschickt.

Ich zelebriere das! Einen Brief zu schreiben ist, wie Atem zu holen in einer Ruheoase inmitten unserer schnelllebigen Welt. Ein Ritual, bei dem ich mir bewusst Zeit nehme für jemanden, der mir wichtig ist.

Die Geschichte, die du mir anvertraut hast, bewegt mich tief. Bezaubernd die Idee, aus den kleinen Anhängern ein modernes Schmuckstück zu gestalten. Eine Familienkette, die sich richtig und angenehm an dir anfühlt. Sie wird gleichsam zur Metapher dafür, wie sich vermeintlich unvereinbare Erwartungen gut tragbar verknüpfen lassen.

Ich schätze diese Fähigkeiten als einen Vorteil des Alters: Die Sicht auf Dinge lockern, Toleranz zeigen, Kompromisse finden, Prioritäten verschieben.

Ja, deine Mutter hätte sich anders entscheiden können, damals in Mailand. Aber sie hat sich für ein Leben an der Seite deines Vaters entschieden und ist diesen Weg gegangen! Ohne Wenn und Aber.

Auch ich hätte mich anders entscheiden können, damals … für das Kunststudium. Meine Eltern hätten mir mit dem Baby schon geholfen.

Besonders meine Mutter! Oh ja!
Sie hat immer geholfen, sie war immer da, sie hat sich immer um alles gekümmert, sie hat sich immer eingemischt! Immer! Immer! Immer! Ungefragt, ungewollt, unmöglich! *Helikopter - Mama*, nennt man das heute. Nachdem mein Bruder sofort nach dem Abi zum Studium nach Kanada ging, hat sie sich komplett auf mich gestürzt.
Hubschrauber XXL!

Wie sie mich mit ihrer Kümmerei, ihrer Fürsorge, ihrer permanenten Präsenz erdrückt, schier erstickt hat! So oft wollte ich einfach nur fliehen! Ich habe es nicht geschafft. Dass sie sich aber mein eigenes Kind auch noch einverleibt, durfte ich nicht zulassen. Darum habe ich mich gegen das Studium entschieden, bin mit dem Vater des Kindes zusammengezogen, habe mir einen Job gesucht.

Diese kleine Familie hatte nie eine Chance, wir waren beide viel zu jung, hatten kaum Geld und noch weniger Lebenserfahrung. Dennoch war dieser Schritt essentiell wichtig für mich und meine Zukunft. Ich musste mich befreien, mich auf eigene Füße stellen, meinen Weg finden. Wirklich bequem war er nicht, wie du dir vorstellen kannst, dennoch bereue ich keinen einzigen Schritt.

Das Verhältnis zu meiner Mutter hat sich im Laufe der Zeit entspannt. Aber aus Angst, die hart erkämpfte Freiheit wieder einzubüßen, hielt ich viele Jahre mehr Abstand als nötig. Das Knüpfen unserer Familienkette, um in diesem Bild zu bleiben, gelang dann erst zeitgleich mit ihrer fortschreitenden Demenz.

Wir wissen nicht, in welchen geistigen Sphären Menschen mit dieser Erkrankung leben, was ihre Wahrnehmung beeinflusst, wovon es abhängt, dass sich der Schleier lichtet und sie Dinge noch erkennen oder eben nicht.

Erkannt hat mich meine Mutter erstaunlicherweise bis zum Schluss, und sie hat sich immer gefreut, mich zu sehen. In ihren letzten Lebensjahren durften wir uns auf einer ganz anderen Ebene begegnen. Wir waren froh über die gemeinsame Zeit, konnten sie miteinander genießen, nur uns selbst genügen, ohne jegliche Erwartungshaltung. Für dieses Geschenk bin ich immer noch unendlich dankbar!

Den Brief kann ich erst morgen zur Post bringen; denn die Schneeflocken, die deiner Sehnsucht nach Entschleunigung Ausdruck verliehen haben, sind längst wieder geschmolzen. Stattdessen tobt ein heftiger Sturm, heult um die Häuserecken, reißt rücksichtslos Zweige von den Bäumen. Die große Tanne im Garten biegt sich beängstigend weit über den Zaun. Alles fliegt durcheinander, Fensterläden wackeln, Türen klappern.

So werden auch wir immer mal wieder durchgerüttelt, verlieren Zweige, Blätter, unser Gleichgewicht. Dann bleibt nur, sich mit aller Kraft dem Schicksal entgegenzustemmen und Halt zu finden, um nicht umgerissen und entwurzelt zu werden. Wütet ein Sturm, ist es ratsam, im Haus Schutz zu suchen und zu hoffen, dass herumfliegende Teile keinen weiteren Schaden anrichten.

Das gilt gleichsam für uns. Die Seele sollte sich dann in einen geschützten Raum zurückziehen, sich aufwärmen, ausruhen, Energie tanken.

Dass deine Seele einen geeigneten Raum finden möge, in dem sie ausreichend Kraft schöpfen kann für die kommenden Wochen, wünscht dir

Eva

P.S.: Die beiliegende Karte stammt aus meiner «Spruch–Sammel–Schatzkiste» Ich mag dieses Bild des kleinen Goldfisches, der unerschrocken aus seinem winzigen Glas hinüber hüpft in ein großes.

Mitten im Sprung hat ihn die Kamera festgehalten. Sein Blick ist furchtlos, voller Zuversicht:

Das, was dich erwartet, erfordert Mut – und
Mut ist tapferes Vertrauen auf die eigenen Kräfte!

7. März 2019

Liebe Eva,

du steckst voller Überraschungen! Ein Brief von dir, handgeschrieben, gespickt mit sehr besonderen Gedanken und Impulsen. Lass uns wieder altmodisch werden, machen wir gerne weiter mit unserer Schneckenpost im Zeitalter des virtuellen Wahnsinns!

Dankeschön für den kleinen Goldfisch, ich habe ihn sogar unter der Lupe betrachtet: Sein Blick <u>ist</u> furchtlos, er wirkt herrlich dynamisch und der kühne Sprung in ein größeres Glas wird ihm zu mehr Bewegungsfreiheit verhelfen.

Mein nächster Sprung führt zurück in ein kleineres Glas. Hektik vermeiden, Tempo herausnehmen, sich auf Wesentliches beschränken: Darum geht es bei mir jetzt. «Goldy» bestärkt und ermutigt mich in meinem Vorhaben, beruflich künftig kürzer zu treten. Ein couragierter Schritt in einer Gesellschaft, die sich dem gnadenlosen *Höher*, *Weiter*, *Schneller*, *Mehr* verschrieben hat. Für mich kein Rückschritt, sondern ein Riesenfortschritt!

Ich danke dir von Herzen für dein Mitgefühl. Meiner Mutter geht es besser, buchstäblich auf einen Schlag ist nichts mehr, wie es war. In den kommenden Tagen wird sie in eine geriatrische Reha-Klinik verlegt, zunächst auf die Akutstation. Es wird Wochen, vielleicht sogar Monate dauern, bis sie sich stabilisiert hat. Ob sie dann überhaupt noch alleine zurechtkommen wird?

Dass wir uns zufällig in der Buchhandlung über den Weg gelaufen sind und uns in einer Vertrautheit austauschen, als hätten wir uns nie aus den Augen verloren, bedeutet mir viel. Gerade in der momentanen Krisensituation.

Schon zu Schulzeiten warst du so überaus mitfühlend und verständnisvoll, zu allen und jedem. Was hat mich diese Charaktereigenschaft an dir manchmal genervt, ja, ich gebe es zu! Du hattest auf einem unserer langen Spaziergänge sogar Verständnis für diesen halbblinden Schäferhund, der nach meiner Wade geschnappt hat.

«Wer weiß, wie er behandelt wird, Aggression hat immer einen Hintergrund», hast du mitleidig gemurmelt.

«Ist klar, der Köter hat bestimmt eine schwere Kindheit gehabt», antwortete ich wutschnaubend. Du hast geschwiegen. Wir setzten unseren Weg fort, ohne ein weiteres Wort über den Vorfall zu verlieren.

Frauen, die wütend sind, gelten grundsätzlich als gefährlich. Unerträglich sind sie, unkontrolliert, unberechenbar - freie Radikale in Reinkultur! Dabei ist Wut für mich ein überaus kraftvolles Gefühl. Es drückt aus, dass man aus der emotionalen Balance gekommen ist, dass etwas nachjustiert werden muss.

Als alleinerziehende Mutter hast du dir bestimmt immer wieder die Frage gestellt, wie du mit dem Zorn deines Kindes umgehst, denn das einzig richtige Rezept gibt es nicht. Abwarten, bestrafen, ablenken, Liebe zeigen, alleine lassen, nachgeben, ignorieren: Vieles habe ich bei meinen beiden Kindern versucht. Wie hast du diesen Spagat zwischen Verständnis und Erziehungsanspruch gelöst?

Meine Eltern haben mir jeglichen Wutanfall abgesprochen.
«Mäßige deinen Ton!», ein Ausspruch meines Vaters, der mir noch heute in den Ohren klingt. Er war ein unaufgeregter, sachlich argumentierender Mensch, der nie aggressiv wurde.

Meiner Meinung nach ist es ein Privileg, wenn man immer angemessen reagieren kann!

Mutter war temperamentvoll, aber nur selten äußerlich wütend. Ihr inneres Brodeln kompensierte sie bei ehelichen Szenen mit Tränen. Danach war sie beleidigt, eisiges Schweigen folgte, manchmal über Wochen hinweg.

«Sag deinem Vater, dass das Essen fertig ist!» Ich überbrachte die Nachricht, wie ein Soldat, der tapfer die Stellung auf den Zinnen hält, obwohl die Burgmauer unter ihm bereits wegbricht.

Am Ende setzte sie sich mit ihrer Methode immer durch. Zwischen den Fronten meiner Eltern verstummte ich. Welches Kind will schon Partei ergreifen, sich für den einen oder den anderen Elternteil entscheiden? Härte überwucherte mich wie Efeu den Waldboden. So tough, wie du mich in Erinnerung hast, war ich nie.

Erst das Älterwerden hat mich aufgebrochen, unzählige Gespräche über Vergangenes habe ich geführt. Heute muss ich nicht mehr von jedem geliebt werden. Ich halte aus, dass ich unbequem sein kann.

In die Schublade der brav Angepassten lasse ich mich nicht mehr einsortieren. Und den Preis für diese innere Freiheit bezahle ich, aber nicht immer gerne.

Zuletzt hat mir meine Eckigkeit eingebracht, dass mein größter Auftraggeber unseren Vertrag nicht verlängert hat. Eiskalt abserviert hat er mich. Ich habe vermutlich zu oft kritisiert oder zu viel eigenen Kopf gezeigt. Offiziell hieß es, das Budget sei vom Controlling zusammengestrichen worden. Der Crash kam zum richtigen Zeitpunkt.
Der ständige Kampf um neue Aufträge, das permanente Positionieren im Markt - ich bin es leid. Lieber schnalle ich den Gürtel enger und betreue Kunden, die mich und meine Arbeit schätzen, auch wenn ich weniger auf dem Konto habe.

Du fragst dich, womit ich meine Brötchen verdiene? Nach einigen bemühten und mühsamen Versuchen als Angestellte habe ich den Sprung in die Selbstständigkeit gewagt, so war ich flexibler bei all den kleinen und großen Herausforderungen, die eine Familie mit sich bringt.
Über die Jahre habe ich mir eine Werbeagentur aufgebaut, eine *One-Woman-Show*.

Liebe Eva, dass deine Mutter an Demenz gestorben ist, macht mich traurig. Es berührt mich, dass du ihr Vergessen am Ende sogar als positiv erlebt hast. Und es stimmt mich nachdenklich, dass dies vorher nicht möglich war.

Die Jahre verfliegen, was bleibt am Ende von uns? Die fragile Gesundheit meiner Mutter und meine eigene Sterblichkeit vor Augen frage ich mich: Wie gestalte ich die Jahre, die vor mir liegen? Noch habe ich keine ausgefeilte Antwort, vertraue aber darauf, dass sich mir im Losgehen der richtige Weg unter die Füße schieben wird.
Hast du Pläne? Soll sich in deinem Leben etwas ändern oder darf alles bleiben, wie es ist? Voller Spannung erwarte ich deinen nächsten Brief!

Karin

12. März 2019

Liebe Karin,

lieber Himmel! Haaa! Die Szene mit dem halbblinden Hund! Habe mich köstlich amüsiert!
Ja, so ist sie! Die gute Eva! Die verständnisvolle Eva! Nein, ernsthaft: Ein komplexes Thema, das du da servierst.

Überhaupt ist der Austausch mit dir unglaublich inspirierend und auch ich spüre eine wohltuende Vertrautheit zwischen den Zeilen. Wenn ich sie lese, tauchen tausend Gedanken und Erinnerungen, unzählige Fragen auf. Manchmal habe ich regelrecht Mühe, die Antworten im Kopf zu ordnen.
In meiner Vorstellung sitzt jede von uns an einem Tisch, einen Berg Puzzleteile vor sich. Voller Neugier fügen wir sie Stück für Stück zu einem Bild zusammen, dessen Vorlage wir nicht kennen. Wie spannend!

Mit deiner Bitte, bei der Schneckenpost zu bleiben, rennst du offene Türen ein. Bin dabei!

Speziell heute an einem freien Tag, in frühlingshaft beschwingter Stimmung. Die Terrassentür weit offen, bestaune ich von meinem Schreibtisch aus gelb leuchtende Narzissen, die wie ein Teppich um den Apfelbaum drapiert scheinen. Strahlende Köpfchen recken sich froh gelaunt der Sonne entgegen. Die Vögel zwitschern derart ausgelassen, dass es eine wahre Freude ist. Endlich sind sie da, die Frühlingsboten! Lebendiges Grün, Sonnenstrahlen, Knospen, die voller Elan ihre Hüllen zu sprengen bereit sind. Frühlingsluft, Wärme, Aufbruch, Neubeginn. Ich verspüre Lust, mich genussvoll zu strecken und tief durchzuatmen. Herrlich!

Von der Wut schreibst du. Von der Wut als kraftvolle Emotion. Von unterdrückter Wut. Meine persönliche Wut richtet sich gegen Situationen oder mich selbst und entspringt einer lästigen Charaktereigenschaft.

Ungeduld, dein Name ist Eva! Mein ewiger innerer Feind. Trotz aller Anstrengung ist es mir bisher nicht gelungen, mich mit ihr zu versöhnen.

Der Computer stürzt zum x-ten Mal ab, benötigt Stunden, um hochzufahren, verliert Daten, erfüllt nicht im Entferntesten seine Pflichten: Ich mutiere zum HB-Männchen!

Regalteile aus dem schwedischen Möbelhaus fallen um, eine Schraube fehlt, ich klemme mir den Daumen ein, nach stundenlanger Arbeit stelle ich fest, dass die Bretter falsch herum zusammengebaut sind:
Eva Rumpelstilz lässt grüßen!

Die Menschen, die mich als *Geduld in Person* betiteln, kennen nicht diese Momente, in denen ich zum stampfenden, wild schnaubenden Tier werde.

Johannes war ein kleiner Sonnenschein, fast immer bestens gelaunt, quirlig, mit schier grenzenloser Energie. Im Trotzalter hatte er regelmäßig Schreianfälle, die mich teilweise gefährlich nah an meine Grenzen brachten. Das gebe ich offen zu. Ich war nicht immer alleinerziehend. Zu dieser Zeit allerdings schon, und es hat mich große Mühe gekostet, seine Aussetzer mit der nötigen Ruhe aufzufangen. Später bei Marie war das anders. Sie strahlte schon als Kind eine bewundernswerte Gelassenheit aus.

In meinem Elternhaus wurde ebenfalls bevorzugt gekränkt geschwiegen. Schweigen als Ausdruck stillen Vorwurfs, versteckten Ärgers, verborgener Wut. Diese lähmende, bedrückende Stimmung hat mich derart geprägt, dass ich bis heute achtgeben muss, nicht wieder in dieses Schema zu verfallen.

Wut ist schlecht bekömmliche Nahrung für die Seele, und man sollte nicht schlucken, was krank macht. Andererseits trägt Wut ein Gewaltpotential in sich. Allein die gängigen Adjektive *blind*, *kalt*, *ohnmächtig* verdeutlichen dies, und der mögliche Kontrollverlust ist nicht zu unterschätzen.
Wut die, in welcher Form auch immer, direkt an andere Menschen adressiert ist, bedeutet in jedem Fall Angriff, Verletzung – und sei es «nur» verbal.
Sie soll nicht drinbleiben, sie soll aber auch nicht unkontrolliert raus! Wie das Dilemma lösen?
Ideal wäre es, einen Weg zu finden, die Wut gar nicht erst aufkeimen zu lassen. Ich kenne Menschen, die diese Fähigkeit besitzen. Zugegeben, viele sind es nicht, aber dennoch! Ich strebe dieses Ziel an, oder zumindest, ihm so nahe wie möglich zu kommen.

Für mich sind Entspannungstechniken wie Yoga und Meditation hilfreich auf dem Weg dahin. Ich praktiziere sie seit vielen Jahren und sie sind aus meinem Tagesablauf nicht mehr wegzudenken.

Schmunzelnd stelle ich mir vor, wie du die Augen verdrehst bei dieser psychologischen Schlaumeierei. «Fragen Sie Frau Dr. B und folgen Sie ihren weisen Ratschlägen.»

Der Dalai Lama sagt:
In der Wut verliert der Mensch seine Intelligenz.
Trifft das nicht den Nagel auf den Kopf?
Was hast du da nur für ein Fass aufgemacht?
Du siehst, wie mich das Thema beschäftigt und zur Hobbydozentin macht.

Lass mich noch einen Gedanken dazu mit dir teilen: Ist es nicht so, dass sich aus der Distanz betrachtet alles wieder relativiert?
Wie oft war ich wütend auf meine ÜBER-Mutter! Nie werde ich vergessen, wie sie mich eines Abends in der Kneipe gesucht hat, weil ich mit 16 Jahren nicht um 22 Uhr daheim war. Diese Schande, diese grenzenlose Peinlichkeit vor meinen Freundinnen! Ich habe getobt! War tagelang sauer und wütend!
-Schnitt-

In ihren letzten Jahren habe ich meine Mutter oft in den Park begleitet. Sie litt zwar an Demenz, war aber körperlich immer noch fit. Sie liebte die Blumen und die Ruhe dort.

Dann eines Tages im Sommer ... Ein milder Juniabend. Strahlendblauer Himmel. Wir saßen auf einer Bank, ohne viele Worte. Die Pfingstrosen verströmten freigiebig ihren Duft. In die Stille hinein vernahm ich einen leisen Satz:

«Du bist meine Rose, Eva!»

Erstaunt sah ich meine Mutter an. Ihr Blick verlor sich weit in der Ferne, ein leises Lächeln auf dem Gesicht.

Da tauchte es auf, dieses Bild: wir beide im Wohnzimmer. Abends. Die kleine Eva schon im Schlafanzug auf der Couch, eingekuschelt in eine Micky Mouse Decke. Unsere braun-gemusterte Stehlampe mit dem riesigen Fransenschirm wirft einen Lichtkegel auf das Buch. Mama neben mir, den «Kleinen Prinzen» auf ihrem Schoß. Obwohl ich selbst schon lesen gelernt hatte, konnte ich sie nicht oft genug bitten, mir die Geschichte mit der Rose vorzulesen.

Plötzlich legte sich ein Schatten über ihr Gesicht und sie flüsterte: «Ich war für meine Mutter nur ein Kaktus ...»

Ein kurzes Aufflackern, ein blitzartiger Spot. Sekunden später schloss sich der Vorhang wieder und meine Mutter sagte:
«Komm, gehen wir! Es wird Zeit, eure Schulbrote herzurichten! Weißt du, wie wir von hier aus heimkommen?»

Ich musste schlucken. Aus einem einzigen kurzen Satz sprang die unsagbare Traurigkeit eines ungeliebten Kindes und zerriss mir schier das Herz.
Was ihr verwehrt war, wollte sie ihren Kindern doppelt und dreifach schenken.
-Schnitt-

Ich schweife ab. Wut, Versöhnung und jetzt bin ich, wenn man so will, in der reiferen Lebensphase gelandet.
Jedes Jahr wieder überrascht mich das Gefühl, mit welcher Plötzlichkeit der Frühling auftaucht. Gestern noch kahle Bäume, trübes Licht, grauer Himmel; heute stehen Narzissen in der Wiese, grüne Knospen sind sichtbar, rosa Blüten aufgegangen. Über Nacht? So empfinde ich das immer wieder.
Mit dem Alter ist es ähnlich, oder? Plötzlich, mir nichts dir nichts, bist du 60! Zack! Das war ja nicht vorherzusehen.

Du fragst, ob ich Pläne habe, ob alles so bleiben soll, wie es ist oder sich etwas ändern soll.

Ich fühle mich partout nicht alt, aber das schließt nicht aus, dass ich mir durchaus Gedanken um die Zukunft mache. Lass es mich so formulieren:

Die Grundsäulen meines Lebens dürfen gerne bleiben, wie sie sind. Ich bin dankbar für diesen soliden Boden, der mir Stütze ist und Schutz bietet. Mit meinem Leben bin ich im Reinen.

Von dieser Basis abgesehen, heiße ich Veränderungen durchaus willkommen. Mein Alltag soll keinen Nährboden bieten für Monotonie oder Stillstand.

Wie ich meine Zukunft gestalten möchte?

Sofern ich Einfluss darauf nehmen kann und je nachdem, was überhaupt in meiner Hand liegt, dann so - im Telegrammstil:

Meinen Beruf als Bibliothekarin, der mich sehr erfüllt, noch lange ausüben - Musik, Literatur, Kunst und alles, was damit zusammenhängt, in vollen Zügen genießen - reisen - den angenehmen Kontakt zu meinen Kindern halten - ausreichend Zeit für mich selbst zur Verfügung haben - viele Stunden in der Natur, in Ruhe, in Stille verbringen -

wenn es die Gesundheit gestattet, in meinem kleinen Häuschen wohnen bleiben.

Oder, wer weiß, als Alternative in einer kreativen Wohngemeinschaft für gleichgesinnte Seniorinnen?
Pippi Langstrumpf würde sagen: «Das fänd ich amüsant!»

Bei dir stehen die Zeichen deutlich auf Veränderung. Der Job, die Krankheit der Mutter. Dein Leben, auf den Kopf gestellt, erfordert eine Neuorientierung. Du hast neue Prioritäten gesetzt, bist entschlossen, einen Gang zurückzuschalten, dich auf das Wesentliche zu besinnen. Gut so! Sehr gut!
Deine Zukunftspläne werden sich entwickeln, konkretisieren. Womöglich gilt es, erst einmal die Säulen zu positionieren und neu aufzurichten. Hast du Ideen bezüglich dieser Grundpfeiler? Für die Gegenwart oder gar schon *alterstauglich* über den Moment hinaus? Wie auch immer, wünsche ich dir, dass der aufbrechende Frühling einen hilfreichen Impuls hierzu geben möge.

Meine Nachbarin hat geklingelt. Ihr Mann ist auf Reha, ihre Schwester leidet unter ihrem alkoholabhängigen Gatten und sie selbst hat so arg Rücken. Sie fragt, ob ich ein bisschen rüber komme, zum Reden … Klar mach ich das!

Sei lieb gegrüßt von der verständnisvollen

Eva

15. März 2019

Liebe Eva, erleuchtete Freundin,

gerade komme ich von einem langen Spaziergang zurück. Offen gestanden, es war ein Gewaltmarsch, denn ich war auf der Suche nach dem aufkeimenden Frühling, den du so enthusiastisch beschrieben hast! Vom stundenlangen Laufen plagt mich ein ziehender Rückenschmerz. Eine Nachbarin wie du wäre jetzt ganz wunderbar, die könnte ich ein bisschen volljammern.

Spaß beiseite, ich staune! Und werde das Gefühl nicht los, dass du die Rolle der Verständnisvollen satthast. Täusche ich mich, oder schwingt in deinen Zeilen eine Spur Verdrossenheit mit? So, wie bei einem Dauerauftrag der Fernsehlotterie? Man ist zwar ein Gewinn für andere, hat aber selbst nie gewonnen. *Eigentlich* will man kündigen, spielt trotz alledem weiter mit. Weil man ja Gutes tut ...

Du schreibst, dass du Bibliothekarin geworden bist, ja, das passt zu dir! Dachte ich zunächst, völlig unreflektiert, denn du hättest auch Virologin werden können, Controllerin, Programmiererin, Bratschistin, Köchin ...

Meiner Meinung nach sind wir nicht lebenslänglich zu einer Rolle, zu einem Beruf verdonnert. Meistens ist es ein selbst errichteter Reaktionskäfig, den wir mit etwas Mut zur Veränderung verlassen könnten. Ja, ich postuliere: Wir müssen ihn sogar verlassen, wenn wir uns entwickeln wollen. Wenn wir auswickeln wollen, was an Möglichkeiten in uns steckt!

Eva Rumpelstilz, deine Gedanken zur Aggressionsbewältigung klingen wahrhaftig und authentisch. Wärst du ein unharmonischer Mensch in seelischer Schieflage, dann könntest du sicher so nicht schreiben.
Ich frage mich: Ist Friedfertigkeit zu erreichen mit einer Mischung aus Bewusstsein, Yoga und Meditation? Hmmm. In mir regt sich leiser Widerspruch, denn deine idyllisch aufgefädelte Argumentationskette ist doch unrealistisch! Wut transzendieren? Paah!
Sicher keine natürliche Bestimmung des Menschen, schau dir doch die Welt an.

Dabei begründest du durchaus überzeugend, stützt dich auf eigene Erlebnisse und Erfahrungen und zitierst den Dalai Lama. Du hast dich intensiv mit dem Thema Wut beschäftigt, Chapeau!

Mir liegen noch ein paar Ergänzungen auf der Seele:

Für mich persönlich ist nichts so gefährlich wie die Verdrängung von Gefühlen, egal welche. Ich bin überzeugt davon, dass Kontraste, Widersprüche und Spannungen unbedingt dazu gehören, um sich lebendig zu fühlen. Auch dann, wenn man dafür ordentlich auf den Putz hauen muss!

Ommmm, dazu eine Geschichte!
Vor Jahren habe ich ein Seminar mit dem hoffnungsvollen Titel «Mut zur Wut» besucht. Es hat mein Leben von Grund auf verändert.
Am zweiten Seminartag drosch ich mit einem Holzprügel auf ein Federkissen ein, als sei ich von allen guten Geistern verlassen. Mit tränenüberströmtem Gesicht befolgte ich den Vorschlag der beiden Seminarleiter: Rauslassen, was sich an Wut angestaut hat. Loslassen, was in der Vergangenheit passiert ist, eine nicht mehr tragfähige Familienstruktur aufbrechen und neu anfangen.

Duldsam war ich all die Jahre vorher, auf die Zunge habe ich mich gebissen, wenn mir meine Familie, mein Chef oder sonst jemand mit ihren Forderungen manchmal zum Hals heraushingen. Gefühle zeigen?

Am besten nur die schönen, die weich-gespülten: Sei gut drauf, sei glücklich, denke positiv! Wut, Aggression, Tränen, laut werden - also bitte, wo kämen wir denn da hin! Lange versuchte ich, in Familie und Beruf allen Ansprüchen zu genügen. Aber es wurde eng und enger, denn egal, was ich tat oder ließ: Es war nie genug. Nie korrekt, nie perfekt.

Natürlich ist das Leben kein Ponyhof. Andererseits waren es keine Kleinigkeiten, durch die ich damals durchmusste:
Der tägliche Beziehungsstress mit meinem Mann Jens, der auf amourösen Abwegen wandelte: Unsere Ehe war kurz davor, zu zerbrechen.
Erziehung und Schulzeit der beiden Kinder: Würden sie gelingen, unter solchen Umständen?
Meine Selbstständigkeit: Ein zartes Pflänzchen im Aufbau, das nichts abwarf.
Und meine Mutter: Das inkarnierte Orakel von Delphi, das mir das Ende meiner Ehe prophezeite: «Gleichberechtigung ist eine Illusion! Beruf und Familie sind nicht vereinbar!», so lamentierte sie weiter, bis mir endgültig und unwiderruflich der Kragen platzte. Es war eine heilsame Erfahrung für uns

beide, aber erst der Anfang. Ich hatte mich in Bewegung gesetzt.

Wie es weiterging?
Nach drei Seminartagen war ich körperlich ausgelaugt, psychisch unsäglich erschöpft, aber geistig vollkommen klar. Meine Wut hatte sich verwandelt, ich fand zurück zu meiner Intelligenz (ja, der Dalai Lama hat Recht!). Zuhause bin ich über meinen störrischen Schatten gesprungen und habe Jens angerufen. Wir lebten schon vier Monate getrennt.

«Ich vermisse dich», sprach ich mit fester Stimme in den Hörer.

«Wollen wir wirklich all das, was wir uns aufgebaut haben, in den Sand setzen?»

Unsere Kinder Felix und Judith lagen mir am Herzen, aber nicht nur sie.

Ich empfand mehr wie in der ganzen Zeit vorher, dass es mir nicht allein um den äußeren, sondern um unseren inneren Wohlstand ging. Um eine gemeinsame Zukunft, die ich vor mir sah, als ich Wut, Kränkungen und Eitelkeiten wegschob. Dabei hatte ich im Seminar «nur» meine Haltung verändert.

Erst nach dieser Krise war Entwicklung und neue Lebendigkeit möglich: Jens kam zurück. Und wenn sie nicht gestorben sind ...

Liebe Eva, Mutter wird morgen in die Reha verlegt. Den restlichen Abend verbringe ich damit, ihren Koffer zu packen. Nach der Eingewöhnungsphase dort wird es hoffentlich ruhiger, und dann steht Ostern vor der Tür. Eine schöne Perspektive: Auferstehung an Ostern.

Deine Karin

Leipzig, 20. März 2019

Liebe Karin,

heute schwarz auf weiß, der kalendarische Frühlingsanfang! Frische 12 Grad locken mich aber nicht, im Freien zu sitzen. Doch mein Platz innen am Fenster erlaubt mir den Blick auf die Thomaskirche und das neue Bachdenkmal. Ich relaxe im Café Gloria, einen herrlichen Cappuccino und eine Leipziger Lerche vor mir. Kein gefiedertes Tier, nein, nein! Eine lokale Spezialität, die an die bis Ende des 19. Jahrhunderts als Delikatesse verspeisten Singvögel erinnern soll. Gott sei Dank heute in Form eines muffinähnlichen Gebäcks aus Mürbteig, gefüllt mit Marzipan und Marmelade. Ah, ich sag's dir, zum Reinknien lecker!

Ich bin so ein Glücksfrosch! Der Bibliothekskongress findet dieses Jahr in Leipzig und zeitgleich mit den Feierlichkeiten des Bach - Geburtstages statt und so ist dieser Kurztrip das pure Vergnügen. Zwei Tage Veranstaltungen, gestern und heute Abend jeweils ein Konzert besucht und eben komme ich aus dem Bachmuseum gleich um die Ecke. Bach ist mein Musikgott! Was wäre die Welt ohne seine Kompositionen?

Unvorstellbar. Und ich darf hier sein, seine Musik genießen, seinen Geist atmen. Verzeih mir die Schwärmerei!

Morgen werde ich mir heiße Sohlen auf der Buchmesse laufen und am Freitag bringt mich die Bahn zurück. Auf den Zwischenstopp in Berlin, um meinen Sohn und seinen Ehemann übers Wochenende zu besuchen, freue ich mich riesig. Johannes hatte schwierige Jahre hinter sich, bis er seine Identität und zu sich selbst gefunden hat. 2009 lernte er im Urlaub auf Korfu Klaus kennen und die beiden haben inzwischen gemeinsam einen sicheren Hafen angesteuert. Sie fühlen sich pudelwohl in der Hauptstadt. Johannes liebt seinen Beruf als Mediendesigner und Klaus steht mit Leidenschaft in seinem Blumenladen.

Das Gefühl, die eigenen Kinder auf einer zufriedenen Lebensbasis zu wissen, ist beruhigend. Solche Gedanken kommen einem, wenn man älter wird, findest du nicht? Sind die Kinder versorgt? Wie richte ich mich selbst im Alter ein? Ich hatte dir in meinem letzten Brief geschrieben, wie es für mich vorstellbar wäre. Allem voran der Wunsch, gesund und selbstständig zu bleiben. Gleichzeitig möchte ich aber Vorkehrungen treffen, um den Kindern später nicht zur Last zu fallen. Für mich als alleinstehende Frau ist das ein wichtiges Thema.

Eine weitere Frage beschäftigt mich und ich bin gespannt, wie du darüber denkst:

Speziell vorhin in diesem Museum war der Gedanke wieder präsent, angesichts der prächtigen historischen Orgel, auf der Bach gespielt hat, und seiner Originalhandschriften. Wie wichtig ist es uns, der Nachwelt etwas von ideellem Wert zu hinterlassen? Oder ist es völlig egal, ob und was von uns bleibt? An einem Tag X schließt du hier die Tür und bist weg. Punkt. Die Welt dreht sich unverändert weiter. Hauptsache, man lebt im Herzen seiner Lieben weiter? Was bedeuten Äußerlichkeiten, Erinnerungsstücke?
Uns selbst dann definitiv nichts mehr. Liegt uns etwa daran, schon mal ein Stück Unsterblichkeit zu reservieren? Mein ewiger Traum, bisher unerfüllt, einmal im Leben ein Buch zu schreiben, gründet er womöglich auf diesem heimlichen Wunsch? Ich weiß es nicht, aber wenn dem so ist, wäre es an der Zeit, zumindest mal eine Einleitung zu verfassen.

Ach ja, du triffst den Nagel auf den Kopf. Verdrossen verständnisvoll, *vv*, war ich lange Jahre. Immer bemüht, es allen Recht zu machen, für jeden da zu sein, Konfrontationen zu vermeiden. Im Laufe der Zeit habe ich aber dazu gelernt. Es gelingt mir immer öfter, Nein zu sagen und mir selbst mehr Achtung zu schenken. Inzwischen bin ich *vh* – vielfach hilfsbereit.

Du warst ebenso gefangen in Erwartungen, erzählst du. Ich zitiere: «... denn egal, was ich tat oder ließ: Es war nie genug. Nie korrekt, nie perfekt.»
Du hast dich von diesen elenden Erwartungen auf eindrucksvolle Art und Weise befreit!

Faszinierend, was du über dieses Wutseminar berichtest und wie es dein Leben entscheidend verändert hat. Ehrlich gesagt, habe ich mich in der Vergangenheit nie derart intensiv mit dieser Emotion auseinandergesetzt. Was hältst du davon, wenn wir das Thema auf deinem Balkon, den angekündigten Aperol Spritz schlürfend, noch einmal gemeinsam beleuchten? Die ausgesprochene Einladung nehme ich im Übrigen mit Freude an!

Gut, wir nähern uns erst einmal Ostern und der Auferstehung. Es heißt, die Auferstehung ist ein Weg der Befreiung aus Angst und Leiden. Annehmen – loslassen – eins werden – neu werden.

Darauf freue ich mich! Und übe schon mal österliches Schlemmen und bestelle mir eine zweite Leipziger Lerche!

Liebe Grüße
deine Eva

P.S.: Köchin hätte ich werden können? Du meine Güte! Alles nur das nicht!

29. März 2019

Liebe Eva,

Ohne Gaffee gönn'mer nich gämpfn, stimmt's?

Du befolgst also in Leipzig die Devise der sächsischen Soldaten zu Beginn des Siebenjährigen Krieges! Der Legende nach soll es ihnen mangels ihres Lieblingsgetränks an Einsatzwillen gefehlt haben, das begründeten sie öffentlich, siehe oben. Der preußische König soll sie daraufhin verächtlich als *Kaffeesachsen* bezeichnet haben, wusstest du das? Ob sie sich auch mit *Bliemschngaffee* zufriedengegeben hätten?

Ein Cappuccino, die Leipziger Sonne und eine zweite Kalorienbombe (um beim Thema «Krieg» zu bleiben), das klingt paradiesisch! Vor meinem geistigen Auge lässt sich dieser lukullische Sprengstoff gerade zufrieden an deinen Hüften nieder ...

Du brauchst nicht *gämpfn,* sondern hast in den nächsten Tagen das pure Vergnügen vor dir, das freut mich!
Mit *MMB* (Musik-Malerei-Bücher) und inzwischen *vh* anstelle von *vv* hast du dir eine innere Heimat erschaffen, die dich durch dick und dünn trägt.

Ja, Kunst und Musik in jeder Variante beflügeln auch mich - am meisten dann, wenn mir die verblüffende Hohlheit unserer Zeit auf die Nerven geht. Ob sie mich im Alter trösten kann? Wird sich zeigen.

Ich beobachte seit einiger Zeit die Spuren des Älterwerdens (selbstverständlich nur bei anderen). «Wer keine Zukunft mehr hat, redet von der Vergangenheit.» Wie wahr. Seit ein paar Jahren höre ich in meinem Freundes- und Bekanntenkreis immer häufiger Sätze, die mit dem Wörtchen *früher* ... beginnen.
Mich langweilt dieser Gefangenenchor. Ja, für mich sind solche Menschen Gefangene ihrer selbst, ich empfinde ihr Lamento als negativ und unkreativ. Ihre stoisch gepflegte Nörgelei reißt mich aber leider regelmäßig in eine innere Abwärtsspirale, an deren Ende ich ihren Pessimismus in mir habe.
Manchmal hilft es, wenn ich ein non-verbales *Stopp* signalisiere. Oder unverblümt frage: «Haben wir noch ein anderes Thema?»

Beim Umgang mit meiner eigenen Sterblichkeit bin ich weniger couragiert, die Angst vor dem Tod verdränge ich erfolgreich. Nur ein einziges Mal hat sie mich überrumpelt:

Ich stand auf meinem Balkon und rauchte eine Zigarette, es war ein kalter, klarer Wintertag.

«Wie es wohl sein wird, wenn ich sterbe?», schoss es mir in den Sinn. Dann war es, als würde sich ein Vorhang für Sekunden heben - und wieder zufallen.
Wie sich Todesangst anfühlt?
Unbeschreiblich.
In diesem kurzen Moment war mein Herz definitiv nicht dort, wo es hingehört. Parallel dazu drehte sich die Welt völlig unbeeindruckt weiter.

Die Zufriedenheit, mit der du im Leben stehst, deine Zukunftswünsche, die Vorstellungen vom Älterwerden: Zwischen den Zeilen lese ich das Wort *Zwischenfazit*.
Du fragst dich, ob du deine Fähigkeiten genutzt, ob du authentisch gelebt hast, ob du ein Glücksfall für andere warst.
Die Antworten kennst nur du alleine.

Aber: Nomen est omen. Aus meiner Sicht deuten Vornamen ein Stück weit an, welche Aufgaben uns erwarten. Ich habe gegoogelt: Eva bedeutet «das Leben» und «die Leben Spendende»

Spuren hinterlassen wir ständig. Du bei mir. Ich bei dir. Tragen wir nicht tausende von Menschen in uns? Viele haben ab einem gewissen Alter den Wunsch, sich aus den Niederungen des Alltags zu erheben.
Die Suche nach Sinn oder Erfüllung scheint in den Genen zu liegen. Auch Bräuche, die von Generation zu Generation weitergegeben werden, zeigen unser Bedürfnis, Spuren zu hinterlassen.

Bei uns zum Beispiel das Familienrezept «Rouladen nach Omas Art», unser traditionelles Weihnachtsessen. Ein einziges Mal unternahm ich den waghalsigen Versuch, einige familieninterne Weihnachtsrituale zu modernisieren. Dies wohlgemerkt, als die Kinder längst auf eigenen Füßen standen, zum Fest aber ins elterliche Nest heimkehrten.
«Mama, alles muss sein wie immer», schmetterte mir meine 23-jährige Judith am Telefon entrüstet entgegen. Pleite auf der ganzen Linie!

Zurück zu dir und deinem ewigen Traum, ein Buch zu schreiben. Wenn du mich fragst: Fange <u>sofort</u> damit an! Freu dich über positive Kritik, fürchte nicht die negative. Stell dich mutig deinen schriftstellerischen

Schwächen, werd dir deiner Stärken bewusst. Quäl dich von Manuskriptseite zu Manuskriptseite. Und spür die Begeisterung, wenn du genau das richtige Wort gefunden hast. Welcher innere Dämon hält dich zurück?

Ich freue mich auf deine Antwort und noch mehr auf einen lauen Frühlingsabend in den kommenden Wochen. Dann vertiefen wir endlich all die inspirierenden Gedanken unserer bisherigen Korrespondenz auf meinem Balkon! Wann passt es dir?

Viele Grüße von

Karin

12. April 2019

Liebe Karin,

wann es mir passt? Doch schon so bald?
Ich weiß nicht. Im Moment ist es ungünstig.
Also ja, ... nein ...!
Ach, wie soll ich es erklären?

Johannes hat mir gehörig den Kopf ge-
waschen! Er und Klaus planen im Juni, auf
dem Weg zum Gardasee, bei mir einen
Zwischenstopp einzulegen. Das geht nicht!
Ich kann das nicht, möchte nicht, dass sein
Mann ...!
«Nächstes Jahr!», habe ich versprochen.
«Bis dahin bin ich soweit.»
Aber er lässt nicht mehr mit sich handeln,
hat mich unter Druck gesetzt.
Ich habe ihm von unserem Wiedersehen er-
zählt, liebe Karin, und er meinte, es wäre die
Gelegenheit, mich dir anzuvertrauen.
«Entweder du gehst das jetzt an oder ich
setze dir einen Coach ins Haus, Mama! Das
ist mein voller Ernst!»

So schlimm ist es gar nicht.
Oder noch nicht so lange.
So schlimm.

In meinem Job herrschen Ordnung und Struktur, Klarheit und Regelmäßigkeit bei den Proben des Streichquartetts. Hier habe ich alles im Griff. Hier fügt sich eines zum anderen. Mühelos.

In meinem Zuhause entgleitet mir das manchmal. Chaos und Lässigkeit aus der Kindheit haben sich nicht gewandelt. Ich erinnere mich, wie du jedes Mal beim Betreten meines Zimmers die Augen aufgerissen und einen Augenblick erschrocken den Atem angehalten hast.

«Mein Gott, Eva, irgendwann, lässt sich deine Tür nicht mehr öffnen...!»

«Ach, was! Wer Ordnung hält ist nur zu faul zum Suchen!», war gewöhnlich meine Antwort. Es war lässig. Damals.

Meine Kinder fanden es cool, dass es daheim lockerer zuging. Dass sie nicht permanent zum Aufräumen genötigt wurden, sich die Wäsche manchmal türmte, Pizza oder Nudeln mit Soße bei uns zum Standardprogramm gehörten. Heute sind sie anderer Meinung.

Unser Verhältnis ist nach wie vor vertrauensvoll. Wir reden über alles, wir respektieren einander. Aber sie beobachten mich mit Sorge!

Für meinen Mann Peter war es der Albtraum schlechthin! Er, der es nicht ertrug, wenn die Schuhe nicht millimetergenau nebeneinanderstanden, die Handtücher nicht exakt Ecke auf Ecke gefaltet waren. Er, der sich oft abends hinstellte, um ein leckeres Essen für die Familie zu kochen. Er, der alle Papiere akribisch ordnete, die Bücher alphabetisch, die Socken farblich sortierte und täglich einmal mit dem Staubsauger durch die Zimmer jagte.

Er war - er ist die Liebe meines Lebens! Wir führten eine harmonische Ehe. Nur für diese abgrundtiefe charakterliche Differenz hatte niemand eine geeignete Brücke erfunden. Ich war unaufmerksam, zu blauäugig und habe nicht begriffen, dass diese Diskrepanz unweigerlich zur Katastrophe führen könnte. Heute bin ich schlauer. Heute ist es zu spät! Peter ist geflohen, als die Kinder aus dem Gröbsten heraus waren.
Johannes und Marie machen sich Gedanken um mich! Das müssen sie nicht. Wie gesagt, so schlimm ist es gar nicht.

Und ich bekomme das auf die Reihe. Bestimmt.

Einmal angefangen, wäre schnell das Ziel erreicht. Dafür bräuchte ich freilich Zeit, die mir momentan fehlt. Mein Beruf nimmt mich stark in Anspruch, die Organisation der Lesungen in der Buchhandlung, die Musikproben ebenso.

Ein Königreich für eine Ausrede? Das denkst du doch, oder?

Ach, Karin! Vielleicht ist es das! Aber an all diesen Dingen hängen doch so viele Erinnerungen! Ich kann sie nicht ohne weiteres aufgeben! Ich habe Angst, dass sich alles auflöst, die Vergangenheit im Nebel verschwindet. Und ich damit.

Kleidung und Spielsachen der Kinder: Jede Falte, jeder Fleck, jeder Kratzer erinnert an ihre Tränen, ihr Lachen, ihre strahlenden Gesichter! Die Kartons aus dem Haus meiner Eltern: Jedes einzelne Stück darin verströmt den Duft meiner Kindheit, gehört zu meinem Leben. Geschenke von lieben Menschen, selbst wenn sie verstaubt, hässlich oder nicht mehr zeitgemäß sind, zeugen von Verbundenheit und verdienen einen angemessenen Platz.

Mein Blick fällt dabei wie zufällig auf den Engel aus rosa Tonpapier, den du mir einmal gebastelt hast, die Flügel aus himmelblauem Seidenstoff. Erinnerst du dich? Er darf auf meinem Bücherregal alt werden.

Und vor allem: Wie könnte ich mich trennen von dem, was mir von Peter geblieben ist?

Wenn dies und das, wenn alles weg ist, entsorgt, verkauft, verschenkt? Was bleibt dann? Vor dieser Leere fürchte ich mich! Panisch! Andererseits bin ich wohl längst selbst verloren gegangen in all diesen Erinnerungen.

Dich zu besuchen wäre wunderschön! Aber dann, Karin, müsste ich auch eine Gegeneinladung aussprechen. Ich habe schon ewig lange niemanden mehr zu mir nach Hause eingeladen.

Meine Eltern hätten besser den Vornamen *Monika* (lat./gr. *die Einsiedlerin*) für mich gewählt!

Schicke ich diesen Brief ab? Verlegenheit und Scham lassen mich zögern. Doch die wohltuende Vertrautheit zwischen uns gibt mir Mut, offen und ehrlich zu sein. Ich wage es.

Ich springe über meinen Schatten.

Eva

22. April 2019

Liebe Eva,

ich bin wie vom Donner gerührt, deine Enthüllung haut mich um. Auf diesen Paukenschlag war ich nicht vorbereitet. Aus heiterem Himmel tut sich hinter deinem bisher so behaglich-zufrieden skizzierten Alltag ein schwarzes Loch auf, das ich nicht im Traum vermutet hätte.

«Räum doch einfach auf, so schwer kann das nicht sein! Einfach die Schuhe gerade hinstellen, was ist schon dabei?», stöhnt die ordentliche *Petra* meines inneren Aufsichtsrates genervt. Sofort habe ich sie zurückgepfiffen, denn schlaue Tipps hast du sicher schon viele bekommen. Ein Paar Schuhe ordentlich nebeneinander hinzustellen ist genauso schwer, wie sie *unordentlich* stehen zu lassen. Ordnung und Chaos, beides ist in Reinkultur unerträglich!

Bist du denn bereit, dir helfen zu lassen? Deine Kinder, eine Freundin oder deine Nachbarin solltest du in solch einer delikaten Angelegenheit nicht um Unterstützung bitten. Wenn du dir helfen lassen willst, dann muss ein Experte ran.

Einer, der sich auskennt mit den Zusammenhängen zwischen innerer und äußerer Ordnung. Ein Coach hat bestimmt Antworten auf deine Fragen - zum Beispiel, wie man wieder in die Mitte kommt, wenn man an einem der beiden Extreme festsitzt. Was wäre denn für dich das persönlich passende Maß zwischen zwanghafter Pedanterie und zügellosem Chaos?

Und warum streben Menschen überhaupt nach Maß und Mitte?

«Weil es bequem dort ist, weil ich niemandem wehtue und nirgends anecke. Weil ich nichts ändern muss, wenn mein Leben wie ein ruhiger Fluss dahinplätschert, ohne große Höhen und Tiefen», doziert eine weitere Stimme in mir.

Es muss hart sein, liebe Eva, dass ausgerechnet du, die ewig Verständnisvolle, Rücksichtsvolle, Nachsichtige an einem Ordnungsfanatiker gescheitert bist, dem der Spießerkniff seines Sofakissens mehr bedeutet als dein Laissez-faire-Lebensstil. Und du liebst ihn noch immer!

Fehler sind relativ. Niemand ist perfekt.

Das Dumme ist nur: Wir lernen von Kindesbeinen an, uns auf das Negative zu konzentrieren, ein elender Dornenweg, verbunden
mit schlechten Gefühlen, Stress und Leid.
Reifung durch Schmerz? Wenn du mich
fragst: nicht immer!

Dass Alltägliches wie Aufräumen, Aufheben
oder Ausmisten eine schwierige Übung für
dich ist, macht dich menschlich. Du lebst
eben kreativ.

Dass du dich mir gegenüber öffnest, beweist
Mut. Danke für dein Vertrauen und deine
Offenheit!

Du erlaubst mir damit einen wohltuend
neuen Blickwinkel auf meine manchmal
selbstgerechte Geradlinigkeit. Mir scheint,
wir sind in unterschiedliche Richtungen
unterwegs. Da, wo du hinmöchtest, komme
ich her: Ordnung und Klarheit.

Ich führe Buch über meine Ausgaben,
Schrittzähler und Ernährungs-App doku-
mentieren meine Laufleistung und Essge-
wohnheiten. Ich lege Todo-Listen an, um
meine Ziele oder Projekte nie aus den Augen
zu verlieren. Strukturiere Tage, Feste und
Einkäufe bis ins kleinste Detail, um schnell
und erfolgreich voranzukommen.

Spätestens jetzt höre ich dich schallend lachen und ein altes Sprichwort rezitieren:
Wenn du Gott zum Lachen bringen willst, dann mache einen Plan.
Offen gestanden, ich bin das glatte Gegenteil des kleinen Goldfisches mit dem mutigen Blick (auf der Postkarte, die du mir geschickt hast). Er schwimmt einfach und lässt sich treiben. Ich dagegen strample und komme doch nicht vom Fleck. Kontrolle ist eine Illusion, das lerne ich derzeit schmerzhaft!
In meinem Leben herrscht ein nie dagewesenes Durcheinander, denn was ich im Eifer des Gefechtes außer Acht gelassen hatte: Menschen sind wie facettenreiche Mobiles, ständig in Bewegung, mit den verschiedensten Motivationen, Launen und Angewohnheiten. Wenn ich eines bedauere, dann dies: Ich habe versucht, meine beiden Kinder zu formen, als seien sie Tonskulpturen. Leider viel zu

Eva, ich muss sofort los: Ein Anruf aus der Reha-Klinik, meine Mutter hatte einen zweiten Schlaganfall!

LG, Karin

24. April 2019

Liebste Karin, auch das noch!

Deine Mutter hat einen Rückfall! Das tut mir so leid!

Ich schicke dir vorab diese Karte und umarme dich aus der Ferne! Ein ausführlicher Brief folgt in den nächsten Tagen!

Freunde sind Engel,
die uns auf die Beine helfen,
wenn unsere Flügel vergessen haben,
wie man fliegt.

Die erste Zeile dieses Spruchs hattest du auf den Popo dieses rosa Engels geschrieben. Es war ein buchstäblich geflügeltes Wort zwischen uns. Erinnerst du dich?
Spontan wollte ich ihn dir mit einpacken. Keine erstklassige Idee! Über die Geste würdest du dich freilich freuen. Aber ihn aufstellen? Nein, niemals! So behalte ich ihn lieber hier und lege stattdessen reichlich positive Gedanken mit ins Kuvert. Bitte Karin, wenn ich etwas für dich tun kann, lass es mich wissen!

Sei herzlich umarmt!

Eva

28. April 2019

Liebe Karin,

die letzten Tage habe ich oft an dich gedacht und ich hoffe von ganzem Herzen, dass sich deine Mutter auf dem Weg der Besserung befindet.

Statt der ersehnten Auferstehung also nach wie vor Karfreitagsstimmung für dich. Manchmal fordert uns das Schicksal schon über alle Maßen und man möchte es schreiend zurechtweisen:
»Es reicht jetzt!« Ha, wie recht Blaise Pascal doch hat:
»Wenn du Gott zum Lachen bringen willst, mache einen Plan.«
Wir wollen unser Leben in angenehme Bahnen gelenkt wissen. Wir haben Träume, Wünsche, Vorstellungen. Und? Kaum versiehst du dich, zack, funkt etwas oder jemand dazwischen.

Das Schicksal hält die Karten bedeckt. Wer kennt ihn nicht, den allseits geläufigen Ratschlag: *Ändern was zu ändern ist, akzeptieren was nicht zu ändern ist und vor allem, das eine vom anderen unterscheiden zu lernen*! Genau das ist es doch! Alles Erdenkliche versuchen, um glücklich zu werden. Gleichzeitig das Unabdingbare annehmen. Ohne Kräfte zehrendes, zweckloses Zappeln und Strampeln.

Mein psychisches und physisches Durcheinander ist schleichend gewachsen. Eins kam zum anderen in den vergangenen Jahren. Meine Seele ist hin und wieder einsam, aber nicht mehr verwundet. Ich habe einen guten Weg gefunden für mich und mein Leben. Nur das innerliche Chaos hat sich über die Jahre im Außen manifestiert und aufgetürmt wie ein Achttausender, der sich nicht mehr so einfach abtragen lässt.

Meine Nachbarin, die heute wieder bei mir geklingelt hat, wundert sich, dass ich sie stets vor der zugezogenen Haustüre abfertige, sie nie hereinbitte.
Der Flur ist schmal geworden. Kartons versperren den Weg. Sie gehören in den Keller, müssten aber vorher aussortiert werden. An der Garderobe hängen unzählige Winter- und Sommerjacken und Mäntel, die im überfüllten Kleiderschrank keinen Platz mehr finden. Der Schuhschrank quillt über. Körbe mit Leergut stapeln sich.

Keine Einladung in ein gemütliches Heim.

Nach meinem letzten Brief an dich, hatte ich einen Anfall von *jetzt packe ich es an* und habe alle leeren Flaschen weggebracht. Aber das war natürlich nur ein winziger Tropfen auf den heißen Stein und die Motivation entsprechend von kurzer Dauer.

In unserer Ehe sorgte Peter quasi für Schadensbegrenzung im gemeinsamen Haushalt. Und es gelang ihm, meine *Kreativität*, wie du es liebenswürdigerweise bezeichnest, geschickt zu kanalisieren. Seine eigene sensible Künstlerseele hat im Gegensatz zu meiner, einen angeborenen Hang zu Ordnung und Stabilität.

Du erinnerst dich nur vage an unseren Ausflug zur Roseninsel? Klar, er ist ewig her und war an sich unspektakulär. Aber du weißt schon noch, dass dieses kleine, idyllische Rosenparadies mitten im Starnberger See liegt? Dort, wo König Ludwig und Sissi viele Mußestunden verbrachten? Ja? Fällt es dir wieder ein?

Für mich ein unvergesslicher Besuch! Meine erste Begegnung mit Peter! Schon auf der gemeinsamen Überfahrt war ich von seinen strahlend blauen Augen und seiner angenehmen Ausstrahlung fasziniert. Später, als du die Führung im Casino mitgemacht und ich auf der Parkbank auf dich gewartet habe, setzte er sich zu mir. Ein Fotograf, mit dem Auftrag einer Reportage über die Roseninsel. Mein Herz klopfte wild, wir haben uns auf Anhieb verstanden, blendend unterhalten und sogar unsere Telefonnummern getauscht. Das glaubst du nicht? Doch, ehrlich! Genau so war es. Nach dieser Begegnung hatte ich tagelang Schmetterlinge im Bauch. Angerufen hat er nicht. Ich auch nicht.

So ging es dann bei mir weiter - im Telegrammstil: Ich lernte Heinz kennen, wurde schwanger, zog mit ihm zusammen, Johannes kam zur Welt. Bereits ein halbes Jahr später kapitulierten wir beide, restlos überfordert mit der Situation. Der damals junge Vater lebt heute im Bayerischen Wald. Mit Frau, drei Kindern, einer Autowerkstatt. Wir haben uns im Guten getrennt, pflegen nur äußerst selten formlosen Kontakt. Er meldet sich zwei Mal im Jahr bei Johannes. Die Lebensweise seines Sohnes hat er nie auch nur annähernd verstanden. Die beiden akzeptieren sich gegenseitig aus der Distanz, ohne nennenswerte Emotionen.

Ich hatte mein Kind, den Job in der Bibliothek, die Musik, war zufrieden mit meinem Leben.

Drei Jahre später liefen Peter und ich uns wieder über den Weg. Auf einer Vernissage. Er war als Fotograf für einen Artikel über die Künstlerin engagiert. Liebe auf den zweiten Blick! Zwei Menschen füreinander bestimmt. Die ersten Haltestellen unseres Lebensweges wurden schnell angefahren: Gemeinsame-Wohnung-Hochzeit-Geburt von Marie. Wir waren viele Jahre eine glückliche Familie.

Und dann hat heimlich, still und leise, so eine unselige Fee an unserem Leben rumgewünscht. Die 13. Fee. Die Ordnungsfee. Ich hatte sie nicht eingeladen zur Hochzeit. Das nahm sie mir übel. Sie rächte sich. Schleichend injizierte sie uns ihr Gift.
Es gibt kein Happy End wie bei Dornröschen. Wie es ausging, erzähle ich dir irgendwann, aber nicht heute. Die Erinnerung holt mich gerade ein, macht mich traurig. Immer noch!

Ich habe mich generell nie der Realität gestellt, mich bequem eingerichtet im Leben. Passt schon so! Und wenn nicht, wird es sich wieder einrenken. Habe mit Scheuklappen gewartet, dass sich alles von selbst arrangiert. Hat es nicht. Unbemerkt wurde ein Punkt überschritten und eines schönen Tages *war dann auch schon alles egal!* Kennst du dieses Gefühl?

Nein, ich glaube nicht. Du versuchst, alle Lebenslagen zu perfektionieren, Situationen zu beherrschen, nie die Kontrolle zu verlieren. Du organisierst dich und deine Umwelt bis zur Vollendung, arbeitest bis zum Umfallen. Vermutlich sogar bis zum Burnout, wenn es sein muss. Habe ich Recht?

Ich bin strukturlos, wünsche für alles und jeden das Beste, weiß aber nicht wo anfangen, geschweige denn wo aufhören. Dabei verzettle ich mich, verliere den Faden, den Überblick, mich selbst.

... aber entschuldige, liebe Karin, jetzt bin ich direkt in einen Schreibflow geraten und erzähle fast ausschließlich von mir! Du hast ganz andere Probleme im Moment und gewiss keinen Kopf dafür. Andererseits lenkt es dich vielleicht ein wenig von deinen Sorgen ab, dieses Kapitel meiner Lebensgeschichte zu lesen. Wie auch immer, ich mache hier erst mal einen Break. Fortsetzung folgt.

Ich habe vermutet, dass du immer noch Mrs. Perfect bist und deshalb verdammt Angst, dass du mich für mein Chaos verachten würdest. Du kannst dir nicht vorstellen, wie erleichtert und dankbar ich für dein Verständnis bin, liebe Karin. Da ist der legendäre Stein mit heftigem Poltern vom Herzen gefallen. Das sag ich dir!

Die eine oder andere Andeutung in deinen Briefen lässt allerdings ahnen, dass auch bei dir nicht alles so glatt läuft, wie du es dir wünschen würdest.

Selbst wenn ich mich wiederhole: für mich ist es ein Segen, dass wir beide eine zweite Chance bekommen haben.

Und stell dir vor, wir fänden gemeinsam einen Weg, unsere Flügel daran zu erinnern, wie das funktioniert – mit dem Fliegen ...!

Pass auf dich auf!
Eva

10. Mai 2019

Liebe Eva,

von Auferstehung bin ich derzeit weit entfernt, obwohl ich in den letzten Tagen sehr früh aufstehe. Es ist jetzt drei Uhr morgens, ich sitze an meinem Schreibtisch und starre hinaus in die Dunkelheit. Seit fünf Nächten wälze ich mich aufgewühlt im Bett herum, trotz immenser Müdigkeit will der Schlaf nicht kommen.

Du hast Recht, Perfektion und Klarheit waren meine verlässlichsten Lebensbegleiter. Bisher. Nun haben Drama und Fassungslosigkeit das Ruder übernommen. Meine Gedanken drehen sich im Kreis, meine Gefühle fahren Achterbahn. In kurzen Worten: In mir geht es drunter und drüber.

Meine Mutter hatte einen Mini-Schlaganfall, eine Attacke, die man in der Rehaklinik sofort wirksam behandelte. Es war, wie sie sich ausdrückte »ein Warnschuss, ihr Leben endlich in Ordnung zu bringen und reinen Tisch zu machen«. Aber der Reihe nach!

Als ich völlig konfus an der Türe ihres Zimmers klopfte, ahnte ich nichts von dem

Drama, das sie mir innerhalb der nächsten beiden Stunden beichten sollte.

Mutter lag frisch gekämmt im Bett und lächelte mir entgegen, ein wenig schief allerdings, so wie ein kleines Kind mit schlechtem Gewissen.
»Mama, was machst du denn für Sachen ... Wie geht es dir? Ich bin sofort losgefahren, nachdem mich die Pflegedienstleitung angerufen hat ...«

Sie winkte mich zu sich und klopfte mit der flachen Hand auf ihre Matratze.
»Karin, mein Kind, ach wie schön, dass du da bist ... Komm, setz dich zu mir ... Keine Sorge, es geht mir schon wieder ganz gut.«
Die reinigende Kraft des überstandenen Schreckens war ihr ins Gesicht geschrieben: Sie wirkte weich und ungewöhnlich durchlässig, als sie verlegen meine Hand tätschelte.

»Deine Großmutter war die warmherzigste Person, die ich je kannte. Sie war eine Sitzriesin: Erst, wenn sie aufstand, sah man, dass sie klein war. Dafür war ihr Busen umso größer. An den habe ich mich gerne geflüchtet, wenn ich als Kind Kummer hatte.«

Ein seltsamer Gesprächsauftakt! War sie etwa doch geistig desorientiert, brachte Zeit und Raum durcheinander? Und warum erzählte sie ausgerechnet jetzt von Oma? Ich wartete verwirrt ab, was sich aus ihrer Erinnerung herausschälen wollte.

»Als du in die Pubertät kamst, nahm mich deine Großmutter einmal auf die Seite und sah mir sehr tief in die Augen. Sie fragte mich, woher du deine römische Nase hast, niemand in der ganzen Familie, auch nicht in der deines Vaters ... Da wurde mir klar, dass sie es wusste!«

Ach Eva, alle ahnten es – nur mir schwante nichts! Bis vor einer Woche hätte ich kein Fitzelchen daran gezweifelt, dass ich die leibliche Tochter meiner Eltern bin, in Liebe gezeugt, in Liebe geboren, in Liebe aufgewachsen.

»Mario lebte inzwischen in der Schweiz und war verheiratet, so wie ich. Wir begannen eine Affäre, die ich nicht bereue. Als Geschäftsmann war er viel unterwegs und richtete es so ein, dass wir uns sehen konnten. Nie vergaß er, mir Schweizer Schokolade mitzubringen.«

Auf einmal fiel es mir wie Schuppen von den Augen. Der Verehrer aus Mailand! Ich war seine Tochter.

Härte und Kälte legten sich um mich wie ein viel zu schwerer Mantel: <u>Das</u> sollte die Frau sein, die mir Schliff und Manieren beigebracht hatte? Die immer wusste, was sich gehörte und unerbittlich moralisierte? Die fleischgewordene Anstands-Ikone meiner Kindheit, Sittenwächterin meiner Jugend?

Wie ich mich fühlte? Das lässt sich nur unvollkommen in Worte packen. Fürchterliche, gefährliche Gefühle verwandelten mein Herz in eine wuchernde Wildnis.
Mit fünfzehn verpasste mir Mutter die wohl schallendste Ohrfeige meines Lebens, weil ich auf der Straße meinen Freund geküsst hatte (leidenschaftlich und lang). Dabei beobachtete mich eine Nachbarin, die in unverhüllter Blockwart-Mentalität jeden in die Sozialfolter nahm. Sie hatte nichts Besseres zu tun, als brühwarm herumzutratschen, dass ich in aller Öffentlichkeit poussierte. Jetzt dämmerte mir, warum Mutter damals so außer sich war!

»Damals rannte ich von Arzt zu Arzt und bat um Hilfe. Ohne Erfolg: 1960 kam ein Schwangerschaftsabbruch in Deutschland nicht in Frage. Ich konsultierte einen Seelsorger, aber auch dort bekam ich nichts als Moralpredigten und Demütigungen zu hören.«

Mutter beendete die Affäre, fünf Monate später kam ich auf die Welt.

Seit ich denken konnte, herrschte zuhause *das große Schweigen*. Ich war überzeugt davon, an der miesen Stimmung schuld zu sein, war verschmolzen mit einer mir unbekannten Tragödie.

Wie es weiterging? Man arrangierte sich. Stumm auseinanderzudriften, das war die Bewältigungsstrategie meiner Eltern. Jetzt verstehe ich!

»Mario starb 1969, er wurde nur 37 Jahre alt. Er wusste nichts von dir, ich wollte damals die Situation nicht noch komplizierter machen, als sie ohnehin war. Nach seinem Tod schrieb mir sein Bruder, ich fuhr in die Schweiz, gemeinsam besuchten wir Marios Grab.«

Manchmal fühlt sich das Leben an wie trivialer Trash. Mir ist bewusst, dass meine Zeilen nach Dreigroschenroman klingen. Aber heute Nacht finde ich keine passenderen Worte und bin sicher, dass du meine aufgewühlte Seelenlage verstehst.

Liebste Eva, ich hasse Lügen, und trotzdem lüge ich! Bin ich denn dazu verdonnert, auf ewig fehlerhaft zu bleiben? Ich habe Mutter nicht erzählt, dass ich derzeit von Jens getrennt lebe und mich Hals über Kopf nach Hause geflüchtet habe, so wie sie damals an den Busen ihrer Mutter.

Meine Affäre mit Alex ist der Grund. Aber davon ein andermal mehr.

In der Mitte der Nacht beginnt ein neuer Tag, so heißt es doch. Wie gerne würde ich bald mit dir in der Sonne auf dem Balkon sitzen und dunkle Gedanken vertreiben! Wenigstens lässt die Schwärze vor meinem Fenster langsam nach. Ein Anfang immerhin.

Deine Freundin Karin

14. Mai 2019

Meine Freundin Karin,

eine Hiobsbotschaft jagt die nächste! Ich habe deinen Brief wieder und wieder gelesen und versucht, mich in deine Lage zu versetzen. Unfassbar! Dein Weltbild steht kopf, bröckelt, bricht zusammen!

Der Turm! Früher haben wir uns manchmal zum Spaß die Karten gelegt und sicher finde ich in meinem Bestand noch ein Buch dazu. Ich gehe nachher mal auf die Suche. Deine Nachricht ruft schlagartig das Bild dieses radikal einstürzenden Turmes in mein Gedächtnis.

Komplizierte Beziehungen, Untreue, eine Affäre - keine Seltenheit. So spielt das Leben. Wir kennen das und bis auf ein gelegentliches »aha, der oder die also auch«, regt sich meist niemand groß darüber auf. Aus der Ferne. Aber was, wenn man selbst betroffen ist? Dann bedeutet das einen massiven emotionalen Einbruch. So wie bei dir jetzt!

Ich möchte gar nicht wissen, wie viele Familien schwer an ihren Lügenlasten schleppen, in festgefahrenen Strukturen stecken, unter massiver Anstrengung versuchen, ein schwankendes Konstrukt in Balance zu halten.

Die Lüge nährt sich von der Angst. Davon bin ich überzeugt. Von der Angst, verurteilt zu werden, nicht geliebt zu werden, etwas oder jemanden zu verlieren.

Auch ich kann eine persönliche Geschichte dazu beitragen. Jetzt darf ich sie dir anvertrauen, weil meine Eltern nicht mehr leben.

Mein Vater hatte viele Jahre lang eine Geliebte. Ja, im Ernst! Durch einen dummen Zufall bin ich den beiden über den Weg gelaufen. Mir hat es damals den Boden unter den Füßen weggerissen. Mein Vater war bestürzt und hat mich beschworen, es Mutter nicht zu erzählen. Ich habe ihm versprochen, das Geheimnis für mich zu behalten.

Wenn du sagst: »... alle ahnten es - nur mir schwante nichts«, war es bei mir das genaue Gegenteil: Niemand wusste Bescheid - außer mir. Ebenfalls eine fundamentale Lebenslüge und für mich eine furchtbare Bürde. Aber was hätte ich denn tun sollen? Schicksal spielen? Verantwortung für die Wahrheit und möglicherweise das Aus der Ehe meiner Eltern übernehmen? Nein, auf keinen Fall! Ich konnte mit niemandem darüber reden, ohne zu riskieren, dass meine Mutter per Zufall davon erfahren würde.

Sie ahnte nichts. Glaube ich zumindest.

Mit Sicherheit weiß ich es bis heute nicht.
Kann eine Frau jahrelang nicht bemerken, nicht spüren, dass ihr Mann sie betrügt? Man würde meinen, nein. Oder ahnte sie es doch? Wusste es sogar? Hat es hingenommen? Nichts gesagt? Alles in Kauf genommen, um den Mann nicht zu verlieren, die Familie nicht aufs Spiel zu setzen? Ich habe keine Ahnung!

Mein Vater hätte sie und uns Kinder niemals verlassen. Trotz allem. Das ist Fakt. Und das war ihr vermutlich intuitiv klar.

Ich war zu jung, um mir dessen sicher zu sein, und trug folglich permanent diese furchtbare Angst, im Stich gelassen zu werden, mit mir herum.
Eines Tages war diese andere Frau aus dem Leben meines Vaters verschwunden. Aber auch das hat er totgeschwiegen und so getan, als sei nie etwas gewesen.

Wie auch immer, verständlich oder nicht nachvollziehbar, meine Eltern haben sich geliebt und waren zeitlebens eng verbunden. Papa hat sich in den letzten Lebensjahren meiner Mutter rührend um sie gekümmert, sie aufopferungsvoll gepflegt.

Und sie sind, das hatte ich schon erwähnt, kurz hintereinander verstorben. Sie haben ihre Lüge gelebt und ich habe mich oft gefragt, was passiert wäre, wenn sie geplatzt wäre wie eine Seifenblase.

Sie platzte nicht. Sie hielt. Über den Tod hinaus. Und wie ich heute meine, in ihrem beiderseitigen stillschweigenden Einverständnis.

Es gibt unzählige Spielarten von Beziehungen. Das Leben hat Komödien und Dramen im Angebot, deren Vielfalt wir nicht einmal ahnen. Wer mag denn schon beurteilen, was gut ist und was schlecht? Was recht oder unrecht? Ich glaube, das steht uns nicht zu.

Für dich ist die Welt gerade komplett aus den Fugen geraten. Gib dir Zeit, Karin! Gib dir Zeit, diese ungeheure Tatsache zu verarbeiten. Und vor allem, sie zu akzeptieren. Du hast gar keine andere Wahl. Kannst nicht vor der Situation fliehen. Musst dich mit ihr auseinandersetzen.

Du hast es klar formuliert: »Ich hasse Lügen!« Ja, dann beende sie! Jetzt hast du die Wahl, deiner Mutter die Wahrheit zu sagen. In ihrem Leben gab es einen anderen Mann. Das ist nicht dein Drama. Dein Drama ist, dass sie dir deinen leiblichen Vater verschwiegen hat. Das ist unverzeihlich!
Aber ist es das wirklich? Unverzeihlich? Du hast jetzt die Chance, die Kette der Lebenslügen in deiner Familie zu durchbrechen und ehrlich zu sein. Deine Mutter wird dich verstehen. Wer, wenn nicht sie! Und vielleicht gelingt es dir eines Tages, ihr zu verzeihen, dich mit ihr zu versöhnen und die Verstrickungen aufzulösen.

Der Turm! Es hat eine Weile gedauert, aber ich habe das Tarotbuch gefunden. In der Abstellkammer, in der untersten Kiste eines Kartonturmes (Nomen est omen!). Siehst du, doch gut, wenn man nicht alles wegwirft! Sinngemäß geht es darum, dass alte, nicht mehr dienliche Strukturen aufgebrochen, starre Haltungen und Gewohnheiten aufgegeben werden müssen, damit Neues entstehen kann. Die Veränderung hat im Inneren bereits stattgefunden und drängt jetzt mit aller Kraft nach außen.

Wahrsagerei ist dir jetzt etwa so nützlich wie eine Obstfliege im Sommer, ich weiß! Dennoch ist der Gedanke, dass sich durch diesen Prozess völlig neue Räume öffnen könnten, doch gar nicht so schlecht, oder?

Steh auf, richte deine Krone und lass dich drücken

von deiner Freundin
Eva

20. Mai 2019

Liebe Eva,

schon zum dritten Mal landen wir beim Thema »Schweigevirus«: Haben wir uns etwa genauso infiziert wie die Generation unserer Eltern?

Im Würgegriff der bürgerlichen Konventionen sah dein Vater damals keinen anderen Ausweg, als dich um Stillschweigen zu bitten. Aus Liebe, aus Angst, aus Hilflosigkeit hast du seinen Fehltritt gedeckt. Du warst die brave, aber überrumpelte Tochter - und das hatte ein Nachspiel. Kein Kind übersteht solch einen seelischen Missbrauch ohne Blessuren!

Warum du immer und überall so bemüht verständnisvoll bist? Warum es dir bis heute schwerfällt, dich gegen Übergriffigkeiten zu wehren? Meine küchenpsychologischen Schlauheiten empfindest du womöglich als aufdringlich, aber wenn du mich fragst (und ich hoffe, du würdest mich fragen): Bei dir läuft ein altes Programm im Hintergrund, das dringend nach einem Update verlangt. Die meisten dieser Programme könnten wir getrost von unseren geistigen Festplatten löschen, nur wie? Es wäre an der Zeit.

Fast schon sind wir Seniorinnen und damit alt genug, um die Kindheit endlich würdevoll loszulassen.

Liebe Eva, dein Brief strahlt Verständnis und Versöhnlichkeit aus: du verzeihst deinem Vater, damit erlöst du dich ein Stück weit selbst. *Auch alte Wunden können heilen*, dieser Denkanstoß von dir hat einen befreienden Erdrutsch in mir bewirkt. Seit diesem mentalen Ruck fühle ich mich federleicht und froh: Wer verzeiht, vergibt vor allem sich selbst.

Die späte Lebensbereinigung meiner Mutter beweist großen Mut: Ihr Geständnis war das Äußerste, was sie psychisch zu leisten vermochte. Das Jetzt zählt, die Vergangenheit bringt uns nicht weiter.

Leider kannst du mit deinem Vater nichts mehr klären, er ist tot. Aber meine Mutter lebt. Ich wünsche mir ein faires Gespräch auf Augenhöhe mit ihr, einen Austausch zwischen zwei erwachsenen Frauen. Wir verdienen ihn beide.

All dies hat dein Brief in mir ausgelöst und dafür danke ich dir!

Lebendige Beziehungen aufzubauen, sie zu pflegen und elastisch zu halten, das ist ein großes Kunststück. Und ich gebe offen zu:

Seit ich älter bin, meide ich zwischenmenschliche Minenfelder, gehe bei Streit und Diskussionen keine Kompromisse mehr ein. Verstehe mich bitte nicht falsch: Mir liegt an einem harmonischen Miteinander (wem nicht?), aber nicht um jeden Preis.

Deinen Eltern gelang diese Großtat, wie du schreibst, sie haben sich bis zum Schluss geliebt. Du selbst hast zwei Anläufe genommen und bist gescheitert. Aber soll man Paaren wünschen, dass sie zusammenbleiben, wenn sie sich dauerhaft schwer miteinander tun? Ist es nicht ehrlicher einen Schlussstrich zu ziehen, statt durchzuhalten, und sich auf freudlosem Niveau weiterzuschleppen?

Die Illusion eines *ewigwährenden Liebesglücks* hielt sich bei Jens und mir nicht lange. Es gab Zeiten, in denen wir aneinander verzweifelten, es gab Ehekrisen, Unverständnis, knallende Türen, Einsamkeit im gemeinsamen Schlafzimmer. Aber ganz ehrlich: Jeder sitzt doch einmal auf der Bettkante und stellt sich die Frage: »War's das jetzt?«

Die meisten Klippen haben wir miteinander umschifft, und nicht schlecht, wie ich meine. Dafür bin ich dankbar und ja, auch ein wenig stolz. In den letzten Jahren lebten wir eine

Art von freundschaftlicher Alltagsorganisation, unsere Bettgemeinschaft rutschte auf die rein platonische Ebene.

Um ehrlich zu sein, es herrschte Ebbe auf der ganzen Linie. Und erst bei Ebbe sieht man, wer ohne Badehose im Wasser steht.

Und dann funkte es zwischen Alex und mir.

Keine Bedingungen, kein Alltag. Das Beste daran war, wie sehr mich dieser Mann geistig und seelisch vitalisierte. Er war erfrischend wie kühles Mineralwasser am trockenen Gaumen: Die prickelnden SMS am Tag, nachts ins Taxi steigen (einmal sogar nackt unter dem Wintermantel), es war ein Adrenalinfass ohne Boden.

Liebe Eva, ich höre förmlich, wie du dich geräuschvoll räusperst, bin aber überzeugt, dass du nicht verständnislos den Kopf schüttelst, dass ich mit meinen Kapriolen keine Zumutung für dich bin. Ich darf weiterschreiben, ohne verurteilt zu werden. Ja? Bitte lies weiter ...

Ich war vorsichtig und achtete akribisch darauf, bei Jens keinen Verdacht zu wecken. Genau deshalb speicherte ich Alex´ Handynummer unter *Service Telekom* (die rufen ja immer zu unmöglichen Zeiten an).

Und genau dieser Trick wurde mir zum Verhängnis, als es Probleme mit meiner SIM-Karte gab. Durch eine Verkettung unglücklicher Umstände flog alles auf.

Jens und seine stoische Gelassenheit! Nachdem er eins und eins zusammengezählt hatte, fragte er trocken:
»Okay. Wie ernst ist es? Lohnt es sich, dass ich mich aufrege oder legt sich das wieder?«
Und dann brach ein Wut-Tsunami aus mir heraus, bei dem ich die Kontrolle verlor, ich schoss definitiv übers Ziel hinaus.
Inzwischen tut es mir leid, dass ich ihn angeschrien habe, Wut und Lautstärke sind miserable Wegbereiter.
Ich hätte mir gewünscht, dass sich Jens an seine früher ebenfalls untreue Nase fasst. Oder wenigstens fassungslos gebrüllt hätte:
»Bist du denn von allen guten Geistern verlassen?«
Aber Streit und laute Töne liegen ihm nicht. Zwischen uns war keinerlei Gespräch mehr möglich, nicht an diesem Tag, nicht an den folgenden. Ich packte meine Koffer und zog aus.
Seither klafft ein tiefer Riss zwischen uns. Er wird schwer zu kitten sein, fürchte ich. Egal,

ob er mir verzeiht oder nicht: Ich fühle mich schuldig.

Ist das Leben nicht eine einzige Baustelle? So wie eine jener Autobahnbaustellen im August um die Mittagszeit: Es staubt, es wird gehupt und geflucht, Presslufthämmer dröhnen, alle schwitzen und stöhnen. Kaum ist eine Spur ausgebaut, da tut sich auf der Gegenfahrbahn ein neues Loch auf. Man steht eine gefühlte Ewigkeit im Stau, nichts bewegt sich vorwärts.

Wann hört es endlich auf zu dauern?
Wann wird mein Leben wieder fließen?

Deine Freundin Karin

2. Juni 2019

Liebe Karin,

Ja, ich würde dich fragen.
Nein, deine Kapriolen sind keine Zumutung für mich.

Im Gegenteil. Baustellen hin oder her, wir wollen glücklich sein. Und was tun wir? Hecheln von einem Problem zum nächsten, stopfen notdürftig ein Loch nach dem anderen, erfüllen Erwartungen, arbeiten unser Pflichtpensum ab. Und was passiert? Uns entgleitet dabei die Lebendigkeit.

LEBENdig sein! Vor Freude zerspringen. Lachen. Lieben. Leben. Das haben wir inmitten unserer Alltagsenge doch komplett verlernt. Und dann steht jemand vor dir und *es funkt!* Du spürst das Leben, erwachst aus der Alltagsstarre, blühst auf, fühlst dich herrlich. Hey, das ist wunderbar!
Freilich losgelöst von jeglichen Verpflichtungen, fern von täglichem Problemkram. Das bedeutet für den Moment: Alles ist rosawolkig, flauschigflockig, frühlingsfrisch. Dass auch hier Regenschauer nicht ausbleiben und frostige Tage oder Dürreperioden kommen werden, dessen bist du dir bewusst, daran habe ich keinen Zweifel.

Sei's drum. Denke an deinen Goldfisch. Wage den Sprung!

Beziehung. Das anspruchsvollste Fach in der Schule des Lebens. Die meisten fallen durch, glaub mir. Oder hast du viele Beispiele in deinem Bekanntenkreis, die diese Prüfung bestanden haben? Wenigstens mit der Note *befriedigend*? Den gelernten Stoff beherrschen? Ich nicht.

Ich bin weiß Gott keine Freundin von vorschnellem Aufgeben, unüberlegtem Wegwerfen einer Beziehung. Aber es klingt nicht so, als sei deine Ehe zu retten. Nachdem es offensichtlich sogar an der nötigen Kommunikation fehlt. Und diese Aussage von deinem Gatten, der ja auch kein unbeschriebenes Blatt ist! *Lohnt es sich, dass ich mich aufrege? Oder legt sich das wieder?* Meine Herren! Selbst die gutmütige Eva könnte ihn für diesen Spruch an die Wand klatschen.
»L.e.g.t. e.s. s.i.c.h. w.i.e.d.e.r?«
Wie gleichgültig und arrogant ist dieser Knilch! Und du fühlst dich schuldig! Du.

Es gehören bekanntlich Zwei dazu, Karin. Immer. Zwei. Und wenn sich nichts kitten lässt, dann zieh einen Schlussstrich. Quäle dich nicht länger. Hat diese Ehe keine Basis mehr, wäre jeder weitere Tag Zeitverschwendung. Dafür ist das Leben zu kostbar.

Schmunzelnd lese ich meine letzten Sätze. Gute Ratschläge kannst du von mir reichlich bekommen. Und du wiederum weißt genau, was mir helfen würde. Aus der objektiven Perspektive scheint alles simpel. Aber wehe, es geht um das eigene ICH, schon versagt bereits die Theorie kläglich. Von der Praxis ganz zu schweigen.

Das Schweigen und immer wieder das Schweigen. Es scheint zu uns zu gehören, wie die Dornen zur Rose. Aber der Gedanke gefällt mir ganz und gar nicht. Schweigen ist doch nicht wirklich Gold? Nur weil es in der Bibel steht?

Auch dein Jens legt also keinen großen Wert auf sprachlichen Austausch. Wieder einer.

Die Männer in meiner Familie sind schweigsam, schwach und feige. Mein Vater war es. Mein Bruder ist es.

Rudi hat in Kanada studiert und gearbeitet, dort geheiratet, die Ehe blieb kinderlos. Er hat nicht viel von sich hören lassen, kam selten nach Deutschland, hat uns nie zu sich eingeladen. Bei der Beerdigung unseres Vaters sah ich ihn nach vielen Jahren wieder und erschrak zutiefst. Er sah unglaublich verlebt aus, fahl grau und blass zugleich, ungepflegt, schien körperlich und seelisch erschöpft, verbittert. Ein alter Mann. Verbraucht. Müde. Deprimiert. Mein Bruder.

Es stellte sich heraus, dass er in Scheidung lebte, völlig mittellos war und nicht mehr nach Kanada zurückkehren würde. Kurz und gut: Wir mussten unser Elternhaus verkaufen, um ihm seinen Pflichtteil auszahlen zu können. Er hat auch in Deutschland keinen Fuß mehr auf den Boden gebracht, hat sich nicht einmal darum bemüht. Wie lange er von dem Geld leben kann und was danach sein wird? Ich weiß es nicht. Er spricht nicht darüber. Einmal in der Woche lade ich ihn zum Essen ein und mache hin und wieder seine Einzimmerwohnung sauber. Ich habe den starken Verdacht, dass er trinkt. Daily Soap vom Feinsten.

Und nun kannst du dir bildlich vorstellen, dass mit der Auflösung des elterlichen Hausstandes mein Chaos zum Gebirge anwuchs. Ich wohnte schon in meinem kleinen Häuschen und habe, was eben ging, bei mir zwischengelagert.

Verdrehe jetzt bitte nicht die Augen, ich weiß, es ist lächerlich: Gestern habe ich einen Karton, vollgestopft mit Schuhen meiner Eltern, zum Roten Kreuz gebracht. Nicht, dass sich diese fehlende Kiste als Freiraum in der Wohnung bemerkbar machen würde, natürlich nicht. Und doch bin ich stolz auf mich, Karin. Mir ist schon klar, wie absurd das klingt. Eine Seniorin klopft sich auf die Schulter, weil sie eine Kiste mit alten Schuhen entsorgt hat. Das darf ich niemandem erzählen - außer dir. Auch wenn das nullkommanull an meiner Wohn-situation ändert, ich habe eine immense Symbolik hinein interpretiert: *Diese Schuhe ziehe ich mir nicht mehr an!*

Ach, wenn es nur so wäre!

Ein Wort zum Schluss: Das Thema Schuld liegt auch mir sehr am Herzen. Ich *schulde* dir ja noch ein entscheidendes Kapitel meiner Lebensgeschichte und umkreise es scheu wie die Katze den heißen Brei. Eine weitere feige Runde drehe ich noch. Mein Auftritt heute Abend, zu dem ich jetzt auf-brechen muss, verschafft mir das Alibi.

Aber versprochen: im nächsten Brief erzähle ich dir davon. Der Rest wird nicht Schweigen sein.

Deine Eva

7. Juni 2019

Liebe Eva,

wie war dein Auftritt? Habt ihr etwas von Bach, deinem Lieblingskomponisten, gespielt?
Welche Schuhe hast du getragen? Waren sie elegant, extra vagant oder wenigstens bequem?

Nein, *diese Schuhe ziehst du dir nicht mehr an!* Natürlich belächle ich die Entsorgung der ausgedienten Treter von anno dazumal nicht: Aufräumen und Entrümpeln verleihen Flügel! Fühlst du dich freier seither? Der Karton samt Inhalt ist nun da, wo er hingehört: Auf der Müllhalde deiner Familiengeschichte!
Du darfst gespannt sein, wie und wo neue Lebenskraft in dir erwacht, die bisher an die alten Schuhe deiner Eltern gebunden war.

An deinen Bruder Rudi erinnere ich mich nur dunkel, er scheint schon in unserer Jugend etwas Graues an sich gehabt zu haben.
Dass er nach Kanada ausgewandert ist, wäre eine Chance gewesen, um sich neu zu erfinden. Er hätte sich dort ein Leben nach seinem Geschmack aufbauen können. *Hätte,*

hätte, Fahrradkette, es ist ihm nicht gelungen. Hat Rudi einfach Pech gehabt? Oder keine Alternativen, keinen Drive, keine Kraft zur Veränderung?

Wenn man jung ist, mangelt es an Erfahrung und Weitblick. Wenn man älter ist, hätte man beides, aber der Mut fehlt. Irgendetwas fehlt scheinbar immer!

Schon haben wir Juni, das Wetter ist vorsommerlich warm. Sogar eine Sonnenliege habe ich gekauft, aber mein Balkon ist derzeit Tabuzone: Dort nistet ein Amselpärchen, die beiden haben ein grünes, geschütztes Plätzchen in meiner Hängeampel gefunden. Wenn ich die Balkontüre öffne, dann wird das gerade noch akzeptiert. Aber wehe, wenn ich hinaus muss, um zu gießen! Sofort türmt der Amselvater mit schrillem Amok-Zwitschern, während mich die Amselmutter fest im Blick behält und die Störung missmutig beobachtet. Mit einem Aperol Spritz auf Balkonien müssen wir also leider noch ein paar Wochen warten!

Wie problemlos Beziehungen sein können, das erlebe ich mit meinen Amseln täglich und hautnah:

Man kommt zusammen, um die Brut zu pflegen, man geht auseinander, wenn die Jungen flügge sind.

Beziehungen zwischen Menschen sind kompliziert und es tröstet mich, dass du ebenso empfindest. Danke, dass du mir in Sachen Seitensprung keine Predigt hältst, mir nicht ins Gewissen redest.

Nie habe ich es mir leicht gemacht, Freundschaften zu beenden, Kontakte abzubrechen. Rückblickend war nicht jeder Mensch, den ich hinter mir gelassen habe, ein Verlust.
Ich will keinen unglücklich-stabilen Zustand mehr, soweit bin ich inzwischen. Was hält Jens und mich noch zusammen? Ton und Tempo unseres Miteinanders harmonieren nicht mehr, die Routine nervt, der Alltag langweilt. Und er schweigt sich aus, jajaja, *der Gerechte muss viel leiden!*

Selten oder nie weiß ich, was er denkt, sein Inneres bleibt mir verschlossen. Woher kommt nur der Mythos vom Mann als Krönung der Schöpfung?
Was in drei Teufels Namen hat mich früher an ihm fasziniert, er war doch nicht einmal optisch ein gelungener Wurf!

Weil ich feige bin, schiebe ich die Trennung hinaus, denn dem drohenden Moralskandal fühle ich mich (noch) nicht gewachsen: Selbst wenn Mutter mich versteht, meine Kinder werden toben.

Eine gute Nachricht zum Schluss: Am Wochenende sehe ich Felix und Judith wieder, mehr als ein Jahr Funkstille haben wir ausgehalten. Ich hatte mich mit ihnen nach dem Schlaganfall in Verbindung gesetzt. Ihre Oma ist nicht mehr die Jüngste. Ob sie sich vorstellen könnten, wenn wir nach ihrem Besuch in der Rehaklinik in einem Hotel übernachten, habe ich sie gefragt.

Dass wir uns Zeit füreinander nehmen sollten, um die gegenseitige Meinungsstarre zu lockern. Beide schienen mir fast erleichtert, ihr Ja kam wie aus der Pistole geschossen. Vermutlich werden sie mir einiges an den Kopf werfen und mich anschließend in der Luft zerreißen, egal: Ich freue mich auf meine zwei Jungamseln!

Liebe Eva, wir haben unterschiedliche Beziehungsbauchlandungen erlebt. Wir sind gescheitert. Aber Scheitern ist <u>nicht</u> das

Gegenteil von Erfolg, es ist ein Teil davon.
Zum Glück!

Ich bin gespannt auf den heißen Brei, den du mir mit deinem nächsten Brief servieren wirst ...

Herzliche Grüße sendet dir

Karin

12. Juni 2019

Ich glaube dir nicht mehr.
Ich vertraue dir nicht mehr.
Ich kann nicht mehr.

Eissplitter, die meine Seele zerfetzen und zu Tränen geschmolzen auf mein zerrissenes Herz tropfen. Die finalen Sätze einer in Zeitlupe zerbröselten Ehe. Letzter Akt. Der Vorhang ist gefallen.

Aber zurück zum Anfang der Vorstellung. Atmen, pusten, atmen, kleine Löffelchen, der Brei ist unverändert heiß.

Vielleicht hast du dich gefragt, warum Peter und ich nach unserer Begegnung auf der Roseninsel nicht in Kontakt geblieben sind. Was hatte mich daran gehindert, zum Telefonhörer zu greifen? Es war Mutter Vernunft, die mit strengem Blick mahnend ihren Zeigefinger hob.
»Denk nicht mal dran. Der Mann ist verheiratet und noch dazu 15 Jahre älter als du. Das geht gar nicht, bringt nur Ärger und Leid. Reiß dich zusammen. Vergiss es.«
Den heftig flatternden Schmetterlingen im Bauch zum Trotz, habe ich konsequent und *sehr vernünftig* mein wild klopfendes Herz zur Ruhe gezwungen, die unbändige

Sehnsucht, die heftigen Gefühle gewaltsam erstickt und wie befohlen, versucht zu vergessen.

Wie du weißt, sind wir uns Jahre später wieder begegnet. Peter war in der Zwischenzeit geschieden und ich lachte triumphierend dieser dämlichen Vernunft ins Gesicht. Von da an war ich sicher, dass uns nichts auf der Welt mehr trennen würde. Meine elende Schlamperei, unsere Differenzen in Sachen Ordnung und Struktur trugen das Ihre dazu bei, waren aber nicht die alleinige Ursache für unser jämmerliches Scheitern.

Ich habe die Zeichen nicht erkannt, war zu sehr mit mir beschäftigt, und weit schlimmer noch: mit anderen. Es gab stets jemanden, um den ich mich kümmern musste, der Hilfe brauchte, für den ich da sein sollte. Freunde, Eltern, Kollegen, Nachbarn, Bekannte, allen musste beigestanden werden und dabei ließ ich zu, dass (der schwarze) Peter ans Ende der Reihe gedrängt wurde. Selbst als die Kinder aus dem Haus waren, blieb ich eine rastlose Rund-um-die-Uhr-Kümmerin.

Irgendwann fing Peter an, sich mit seiner Exfrau zu treffen, was mir, der vom

Helfersyndrom befallenen und extrem beschäftigten Gattin, nicht einmal auffiel.

Damals hatte ich nicht die leiseste Ahnung, heute weiß ich, welcher Tropfen das Fass endgültig zum Überlaufen brachte:
Ein Mitglied unseres Streichquartetts musste sich nach einem Achillessehnenriss einer OP unterziehen, was eine mehrwöchige Ruhestellung des Beines erforderte. Er war alleinstehend, hatte weder Kinder noch Verwandte und, na ja, wer hätte ihm sonst geholfen in dieser misslichen Lage? Ich kaufte für ihn ein, hielt seine Wohnung sauber und fuhr ihn zu den Arztterminen. Peters Hinweis, *er könnte sich doch vielleicht einfach eine Haushaltshilfe organisieren*, tat ich leichtfertig ab.
»Ein Musikerkollege befindet sich in einer Notlage, da kann ich doch einspringen, es sind ja nur ein paar Wochen.«
»Für mich würdest du das nicht tun!«, erwiderte er leise. Eines von vielen Warnzeichen, die ich damals nicht einmal registriert habe. Heute sitzt mir meine Ignoranz vorwurfsvoll im Nacken und quält mich wie ein Rabe mit schmerzhaften Schnabelhieben.

Auf die Idee, dass mein Mann eifersüchtig sein könnte, kam ich keine Sekunde lang, weil es definitiv keinen Grund gab, nie!

Peter resignierte mehr und mehr, für ihn war es ein langer, schmerzlicher Prozess. Mich dagegen, Frau Blauauge, traf der Blitz wie aus heiterem Himmel.
Flehen, schreien, toben, Beteuerungen und Schwüre meiner Treue, nichts konnte ihn umstimmen.

Ich glaube dir nicht mehr.
Ich vertraue dir nicht mehr.
Ich kann nicht mehr.

Er ging zu seiner ersten Frau zurück.
Mir riss es den Boden unter den Füssen weg, und bis heute stehe ich nicht wieder fest und aufrecht in der Balance.

Aber auch das Remake der beiden war zum Scheitern verurteilt. Zwei Jahre nach unserer Trennung zeigten sich bei Peter erste Anzeichen von Alzheimer. Die Krankheit nahm einen ungewöhnlich schnellen Verlauf und seine Ex- und Wiederfrau verfrachtete ihn relativ bald in ein Pflegeheim.

Ich besuche ihn regelmäßig und was gäbe ich nicht alles darum, meinen Fehler wieder gut zu machen. Diese zweite Chance ist mir nicht vergönnt. Ich sitze bei ihm, lese ihm vor, gehe mit ihm im Park spazieren. Er freut sich - und fragt mich jedes Mal wieder nach meinem Namen.

Es ist diese Schuld, deren Klauen mich fest umklammern. Warum habe ich ihm nie gezeigt, wie viel er mir bedeutet? Warum war ich nicht für ihn da? Ich habe mich in fatalem Selbstverständnis und bequemer Sicherheit gewogen - und verloren.

Miriam, die Besitzerin »meiner« Buchhandlung, hat einmal gesagt:
»Was passiert ist, kannst du nicht rückgängig machen, es gehört der Vergangenheit an. Es ist sinnlos, dich dafür selbst zu bestrafen. Davon hat niemand etwas. Die ganze Lebensenergie, die du da hineinsteckst, solltest du in etwas viel Besseres investieren. Du musst endlich verzeihen – und zwar dir selbst!«

Ich puste und puste, aber der Brei kühlt nicht ab. Mir selbst verzeihen. Wie soll das jemals gelingen?

Du fragst, welche Schuhe ich getragen habe. Gar keine, Karin! Ich erzähle dir kurz von unserem Auftritt:

Meine Kollegin hat einen Roman geschrieben, stell dir vor! Die Geschichte einer erfolgreichen Topmanagerin um die 40, die nach einem schlimmen Burnout mutig alle Zelte hier abbricht, sich ihren Traum erfüllt und in der Provence ein neues Leben beginnt.

Angelika wohnt auf dem Land, in einem traumhaften Haus mit Blick über die Felder, bis hinunter zum Fluss, umgeben von einem idyllischen Garten. Dorthin hatte sie ihre Freunde eingeladen, um das Buch zu präsentieren. Ein Nachmittag wie aus dem Bilderbuch, die perfekte Kulisse für ihre Geschichte. Champagner, Cidre, Rosewein, provenzalische Köstlichkeiten, bunte Lampions, sympathische Menschen. Wir saßen unter einer schattenspendenden Linde, inmitten blühender Rosen und duftendem Lavendel und spielten Stücke von Darius Milhaud (ein in der Provence geborener, neuzeitlicher Komponist), von Debussy, Haydn und natürlich federleicht beschwingte Musik von Mozart. In luftigen Sommerkleidern und – barfuß ...

Herzlichst
deine Eva

15. Juni 2019

Liebste Karin,

es gibt grandiose Neuigkeiten, halte dich fest. Ich werde Oma!
Marie, »mein kleines Mädchen«, bekommt ein Baby! Sie wünscht es sich schon so lange und nun hat es endlich geklappt. Wie ich mich freue!
Sie fragte mich, ob ich nicht Lust hätte, sie zu besuchen, und wir uns ein paar gemütliche Mutter-Tochter-Tage gönnen? Liebend gerne! Gleich nächste Woche nehme ich mir frei.

In Kürze bekommst du alle Einzelheiten, liebe Karin, im Moment bin ich zu aufgeregt, um mich zu konzentrieren. Aber die gute Nachricht muss ich gleich mit dir teilen, ich platze vor Glück!
Und übrigens, ich freue mich so für dich, dass du deine Kinder treffen wirst! Eine sehr gute Entscheidung, sie einzuladen und ein wunderbarer erster Schritt, du wirst sehen!
Ich denke an dich, an euch, und drücke dich ganz fest

Eva

17. Juni 2019

Liebe Eva,
du wirst Oma,
herzlichen Glückwunsch!

Ich freue mich mit dir und Marie - und darüber, dass du dein Glück mit mir teilst.

»Zwei Dinge sollten Kinder von ihren Eltern bekommen: Wurzeln und Flügel«, kennst du dieses Zitat? So, wie ich dich einschätze, hat sich Marie das Flüggewerden nicht schwer verdienen müssen.
Ich bin gespannt, ob ihr beide in den nächsten Monaten ein noch intensiveres Verhältnis und Verständnis füreinander entwickelt.
Oder wirst du zur *Helikopter-Oma*, so wie deine Mutter? Nein, ich glaube nicht, denn dein Helfersyndrom gehört doch in die Ablage »Vergangenheit!« Du wirst Maries neue Rolle respektieren, sie ihre eigenen Erfahrungen und Fehler machen lassen. Du wirst eine Ratgeberin sein, die ihre Tochter unterstützt, ohne sich dauernd einzumischen. Und deinem Enkelkind wirst du ein warmes Nestchen bauen, in dem es sich geborgen fühlt.

Gleich mache ich mich auf den Weg in die Reha-Klinik; ich habe einen Extra-Tag mit meiner Mutter eingeplant, bevor mich Felix und Judith überrollen.

Ich fahre in aufgeräumter Stimmung und wünsche mir einen offenen Austausch unter Erwachsenen. Ehrliche Gespräche ohne Gezeter und Gekeife.

Ich hoffe, die kleineren und größeren Risse lassen sich kitten. Und wenn nicht, dann werde ich lernen, in Würde loszulassen!

Herzliche Grüße von

Karin

25. Juni 2019

Liebe Eva,

welches Gefühl es wohl wäre, wie eine Schlange die alte, zu klein gewordene Haut abzustreifen?

Ist es nicht erstaunlich, in welchem Tempo wir beide uns gewandelt haben? Erinnerst du dich an unsere E-Mails vom Februar, als Schnee vor meinem Fenster herabrieselte? Sie liegen erst fünf Monate zurück, aber gefühlt sind sie eine halbe Ewigkeit her! Seither ist einiges passiert. Unser Briefwechsel hat einen frischen Frühling der Erneuerung eingeläutet; die innere Winterstarre ist vorbei. Du und ich, wir fühlen uns nicht mehr verlassen und verloren, bedroht, verachtet, ungeliebt, vernachlässigt.

Ist alles okay mit deiner Tochter? Hat sie die hormonelle Achterbahnfahrt mit Schwangerschaftsmüdigkeit, Übelkeit und Heißhungerattacken (Essiggurken mit Marmelade, Matjes mit Lakritze) inzwischen geschafft?

Es muss belastend für Marie sein, dass ihr Vater dement im Pflegeheim lebt (vermutlich erkennt Peter sie nicht mehr).

Zumal eine stolze Schwangere doch <u>beide</u> Elternteile wissen lassen möchte, dass sie Grund zur Freude haben. Und ein Enkelkind ist definitiv ein Grund zur Freude!

Liebste Eva, mache dir bitte keine Vorwürfe wegen deiner zerbrochenen Ehe mit Peter. Niemand kann aus seiner Haut! Womit wir wieder bei der Schlange wären, die ich eingangs erwähnt habe: Sie entledigt sich ihrer zu klein gewordenen Hülle, damit sie wachsen kann. Aber trotz vieler, vieler Häutungen wird nie ein Meerschweinchen aus ihr. Sie ist und bleibt Schlange durch und durch.

Auch wenn du jetzt die Augen rollst:
Diesen Bemutterungstrieb hast du von deiner Mutter geerbt. Aber du bist nicht in einem Reaktionskäfig gefangen. Dein Wille, deine Wünsche und dein Geist erlauben dir, aus dieser Erkenntnis Konsequenzen zu ziehen: Ja, du bist in diesem Punkt wie deine Mutter. Indem du dich bewusst für den positiven Aspekt ihrer Kümmerei entscheidest, entsteht aber eine völlig neue Qualität.

Lass mich von meinem Familientreffen in der vergangenen Woche erzählen. Turbulenzen kosten Kraft, ich war hinterher völlig ausgelaugt und musste mich erst neu sortieren. Deshalb kommt mein Brief an dich spät.

Wie es gelaufen ist? Ich bin zufrieden. Besser gesagt: *in Frieden.*

Meine Mutter hat sich erholt. Sie saß ausgehfertig im Foyer der Reha-Klinik, ihr bestes Sommerkleid schlotterte fürchterlich an ihr. Sie hat abgenommen, was gesundheitlich sicher kein Schaden ist. Aber ich war erschrocken, wie alt sie aussieht, jetzt zeigt sich jede Falte, jede Runzel. Schonungslos, fast schon grausam deutlich.

Ich stakste so hölzern auf sie zu, als hätte ich Hufe, aus war's mit meiner inneren Ruhe! Wir gaben uns die Hand wie zwei Fremde, und eine Mischung aus Angst und Mut ließ mein Herz dabei klopfen bis zum Hals.
Beim letzten Telefonat hatten wir eine Runde Autowandern vereinbart. Also chauffierte ich sie durch das liebliche Voralpenland und hielt angestrengt Ausschau nach einem Café (ein Stück Schwarzwälder Kirsch geht immer, besonders in Weltuntergangsstimmung). Mutter saß stumm wie ein Fisch auf dem Beifahrersitz, die ganze Zeit schaute sie aus dem Fenster.

»Es war eine Katastrophe biblischen Aus-
maßes damals«, murmelte sie endlich.

»Möchtest du etwas über <u>meine</u> persönliche
Katastrophe des Monats hören?«, entgegnete
ich, den Blick stur auf die Straße gerichtet.
Sie nickte.

Ich ließ die Bombe platzen.

»Jens und ich, wir trennen uns.«
»Na endlich. Das ist die beste Nachricht seit
langem!«

Wie auf Kommando brachen wir beide in
wieherndes Gelächter aus, die ganze Spannung war wie weggeblasen. Der Rest des
Tages verging im Flug. Wir redeten und
redeten, stundenlang. Resümee: Es gibt kein
richtiges Leben im falschen und: Männer
sind nicht Teil der Lösung, sondern Kern des
Problems.

Die offenen Gespräche mit Mutter stärkten
mir den Rücken für die Begegnung mit den
Kindern am nächsten Tag. Sie waren über
das Zerbröseln unserer Ehe schon im Bilde
und versuchten nicht einmal, mich in
Richtung Versöhnung zu beatmen. Ich war
erleichtert und erstaunt, auch darüber, wie
erwachsen sie wirkten.

Über unser Zerwürfnis vor einem Jahr verlor niemand ein Wort.

Dabei fing damals alles harmlos an, wir diskutierten über Leistungswahn und Kapitalismus in unserer Gesellschaft. Beide hielten sich kurz nach Studienabschluss für kosmische Genies, die Weisheit hatten sie mit Löffeln gefressen und überboten sich gegenseitig mit substanzlosem Geschwafel. Zum Schluss führten sie sich auf wie zwei Kleinkinder, denen man ihren Schokopudding wegnimmt. Und ich? Landete wieder in der beliebten Rolle der strengen Zuchtmeisterin und war mindestens genauso stinksauer!

»Natürlich ist ein Leben mit weniger Konsum und Arbeit völlig in Ordnung«, knurrte ich, »aber diese Haltung kann sich nur erlauben, wer seinen Lebensstil entsprechend anpasst und anderen nicht auf der Tasche liegt!«
»Immer nur schaffen, schaffen, schaffen, das ist doch sinnlos«, argumentierte Felix. Judith stellte sich auf seine Seite:
»Da gibt´s doch noch mehr im Leben!«
»Und ich soll weiterhin die Melkkuh spielen, das Rindvieh, das eine neue Waschmaschine,

Urlaubszuschüsse oder Autoreparaturen spendiert, wenn´s mal wieder eng wird?«
So geigten wir uns hoch, stürmten dann auseinander und verschwanden beleidigt in der Versenkung.

Liebe Eva, die Perestroika zwischen meinen Kindern und mir ist eingeläutet. Wir nähern uns wieder an.

Lange war nicht mehr so viel auf Anfang!

Draußen braut sich ein Gewitter zusammen, dunkle Wolken ziehen auf. Ich warte sehnsüchtig auf Abkühlung nach den schwülen Hochsommertagen der letzten Woche.

Deine Karin

P.S.: Abkühlung, Abstand und Anfang tun gut!

8. Juli 2019

Liebste Karin,

seit zwei Wochen wieder daheim, schwebe ich dauerhaft auf einer rosaroten Oma-Wolke, ein beseeltes Grinsen im Gesicht. Im Geiste kaufe ich schon Schnuller und stricke Söckchen.

Wir hatten herrliche Tage, gefüllt mit endlosen Gesprächen, unbeschwertem Lachen, langen Spaziergängen. Stundenlang hingen wir kichernd über Kinderfotos von Marie und Johannes, schwelgten in Erinnerungen, genossen die gemeinsame Zeit.
Und du wirst es nicht glauben, Marie hat mich gefragt, ob ich mir vorstellen könnte, zu ihr in den Norden zu ziehen. Ernsthaft!

Das geht natürlich nicht!

Aber ist es nicht interessant? Ich bin mit meinem Baby vor der eigenen Mutter geflüchtet, meine Tochter dagegen fragt mich, ob ich näher bei ihr wohnen möchte.
»Mama, natürlich denke ich dabei nicht ganz uneigennützig, denn dann hätte ich ein wenig Unterstützung von dir, aber in erster Linie fände ich es einfach total schön, dich in meiner Nähe zu wissen.«

Das hat mich riesig gefreut und, ich gebe es ehrlich zu, auch stolz gemacht.

Nur, wie gesagt, das ist unmöglich. Ich kann ja hier nicht weg.

Marie soll vorsichtig sein und sich in den ersten drei Monaten ganz besonders schonen, aber es geht ihr insgesamt gut. Danke der Nachfrage. Zwischendurch mussten wir größere Gebinde Geleebananen besorgen und Mettbrötchen mit aufge-türmten Zwiebelscheiben zubereiten. Connor, mein Schwiegersohn, amüsiert sich köstlich über die Anwandlungen seiner Ehefrau, die *normalerweise* streng über eine vegetarische und gesunde Ernährung im Hause Graham wacht. Er dagegen bereitet sich schon gerne mal zum Beispiel Haggis, ein Nationalgericht aus seiner schottischen Heimat zu (und glaub mir, du willst nicht wissen, was genau darin verarbeitet wird).

Die Krankheit ihres Vaters belastet Marie in der Tat sehr. Nach jedem Besuch bei ihm sehe ich Tränen in ihren Augen. Peter spricht dauernd von ihr, von seiner Prinzessin. Dennoch erkennt er sie nicht, wenn sie vor ihm steht. Er lebt ausschließlich in der Vergangenheit und kann das Bild seiner erwachsenen Tochter nicht mehr in die Erinnerung einsortieren.

Abkühlung, oh ja. Da kam heftig was runter bei diesem Unwetter, Regenschauer ohne Ende. Die Natur hatte Großreinemachtag. Alles sauber, abgewaschen, weggespült.

Bei dir aber auch. Mein lieber Schwan! Ich freue mich so für dich. Mit Spannung habe ich vom Treffen mit deiner Mutter gelesen und erleichtert und schmunzelnd an der Stelle des befreienden Lachanfalls aufgeatmet. Mit deinen Kindern kommt alles wieder ins Lot, du wirst sehen. Es bedeutet ein gutes Stück Arbeit, für alle, aber der Schlüssel ist wiederaufgetaucht, das Scharnier geölt, das Tor steht offen.

Wenn ich mich bewusst für den positiven Aspekt der Kümmerei entscheide, bekommt sie eine ganz andere Qualität, sagst du. Das hat mich aufhorchen lassen und mehr als eine schlaflose Nacht gekostet. Negatives in positive Bahnen lenken. Mich kümmern, aber um das Richtige und mit Maß und Ziel. Wenn ich tatsächlich in der Nähe von Marie wohnen würde .... nein, keine utopischen Szenarien!

Was mich aber mindestens genauso beschäftigt, ist der Häutungs-Gedanke. Es heißt, die Schlange zieht sich während der mehrere Tage dauernden Häutung zurück, und sogar ihre Augen, ihr Blick sind in dieser Zeit getrübt. Kein *streif-ich-mal-eben-schnell-meine-alte-Haut-ab*, sondern vielmehr ein mit Mühe und Aufwand verbundener Prozess.

Warum häutet sich die Schlange? Den Grund kennen wir: ihre Haut wächst nicht mit. Sie muss erneuert werden, ist zu klein geworden, passt nicht mehr. Das bringt mich ins Grübeln. Ich fürchte, meine Haut ist auch nicht mitgewachsen. Trage ich immer noch mein Schlangenhemd und komme nicht in die Puschen?

Nun gibt es aber auch die, und ich will meinen, es sind die meisten, Lebewesen, die sich diesem mühsamen Erneuerungsprozess nicht aussetzen, weil ihre Haut eben mitwächst, sich den Gegebenheiten anpasst, sich ausdehnt, reift wie ein Käse. So wie bei dem von dir erwähnten Meerschweinchen, bei einem Elefanten oder meinetwegen einer Kuh.

Sollte ich mir besser daran ein Beispiel nehmen? Was meinst du?

Liebste Grüße
Eva

17.07.2019 um 23:37
Von: eva.b@xx.de
An: karin.g@xx.de
Betreff: Fliegender Teppich

Liebe Karin,

die Ereignisse überschlagen sich. Wurde eine Lawine losgetreten seit unserer Begegnung in der Buchhandlung?

Ich fühle mich wie auf einem fliegenden Teppich, der durch die Lüfte düst; und kann nur hoffen, dass er ausreichend Flugstunden hatte und den Weg kennt.

Die Ärztin hat Marie dringend geraten, sich zu schonen, absolut nichts zu heben und die nächsten vier Wochen möglichst zu liegen, um nach einer Blutung kein Risiko einzugehen. Connor kümmert sich rührend um sie, aber als Architekturfotograf hat er regelmäßig Auswärtstermine, oft verbunden mit mehrtägigen Reisen. Also habe ich kurzerhand unbezahlten Urlaub genommen und werde für Marie da sein.

Die nächsten vier Wochen kann mich daher ein Brief von dir nicht erreichen.

Schreib mir bitte trotzdem, auch elektronisch, ja?

Herzliche Grüße von der Ostseeküste
Eva

19.07.2019 um 6:44
Von: karin.g@xx.de
An: eva.b@xx.de
Betreff: Ende der Nebelfahrt?

Liebste Eva,

wie aufregend dein Leben im Moment ist, die Ereignisse überschlagen sich wirklich!
Soso, du bist neuerdings auf einem fliegenden Teppich unterwegs ... ab sofort werde ich auf meinem Balkon nach dir Ausschau halten! Meine Freundin, wie sie mit wehenden grauen Haaren, im Schneidersitz über mich hinwegfegt: ein Bild für Götter ...

Anfang Mai habe ich Minze gepflanzt, sie überwuchert inzwischen alles andere in meinem Balkonkasten.
Ab und zu pflücke ich ein paar Blättchen und zerreibe sie zwischen den Fingern. Welch ein Duft! Dann stelle ich mir vor, wir beide säßen auf dem Balkon, ein Glas Aperol Spritz in der Hand, dekoriert mit einem Minze-Zweig. Ob unser Treffen jemals klappen wird?

Die Amseln sind weg, du bist weg, nur die Pfefferminze und ich, wir halten die Stellung. Wer weiß, wie lange noch?

Vor dem Winter suche ich mir eine größere, komfortablere Wohnung. Das momentane Provisorium war als Übergangslösung gedacht, denn bei meinem Einzug im Januar wusste ich nicht, wie sich meine Lebensumstände entwickeln. Offen gestanden, mir graut schon vor dem kommenden Winter: die fußkalten Böden, die zugigen Fenster, ich bekomme diese Wohnung nie richtig warm!

Jens hat sich einen Porsche gekauft. Autos waren immer schon seine natürliche Lebensäußerung, so tut er seine aktuelle Rundumerneuerung kund. Es gab keinen weiteren Streit zwischen uns (obwohl das auch eine Art von Kontakt wäre), kein Telefonat oder Treffen. Kein *Kommzurück* oder *Lassunsneuanfangen*. Ich warte ab, was als Nächstes passiert.

Eigentlich wartet man immer auf etwas. Wusstest du, dass der Mensch durchschnittlich 374 Tage seines Lebens mit Warten verbringt? Wir warten an der Ampel und am Automaten, am Bahnhof, Flughafen und im Stau, beim Arzt, an der Kasse, vor dem Computer. Wir warten auf den Sommer oder das Weihnachtsfest, auf den Richtigen, den Urlaub, die Rente, den Tod.

Und ich warte auf dich, liebste Eva. Ich bin gespannt, wie es dir an der Ostsee ergangen ist. Wenn ich meinem Bauchgefühl trauen darf, dann stehst du am Beginn eines spektakulären Wendepunktes. Irre ich mich, oder streckt sich dir seit unserem Wiedersehen im Februar eine Hand aus dem Kosmos entgegen, die dich in eine neue Richtung zieht?

Mutter möbliert sich neu, stell dir vor, in ihrem Alter! Ich bin damit beschäftigt, mit ihr von Möbelhaus zu Möbelhaus zu pilgern, ihr Ratschläge zu geben, die sie postwendend abschmettert. Es ist mir egal, ich schone meine Nerven, lasse die kleinen Widrigkeiten an mir vorbeiziehen. Ein guter Gaul springt nicht höher, als er muss!

Meine allgemeine Gemütsverfassung hat sich beruhigt, ein Ende meiner Nebelfahrt ist in Sicht – soweit ich es einschätzen kann.

Und du, liebste Eva, bist auf gegenteiligem Kurs unterwegs! Lass doch bald etwas von dir hören, ich freue mich.

Deine Karin

22.08.2019 um 00:42
Von: eva.b@xx.de
An: karin.g@xx.de
Betreff: Erstens kommt es anders ...

Liebe Karin,

ja, schau nur hin und wieder aus dem Fenster. Der Teppich dreht weiter seine Runden, hat bislang das Tempo nicht gedrosselt, ich sag's dir. Von Orientierung keine Spur! Allerdings gewinne ich allmählich Vertrauen in seine Flugkünste und hänge nicht mehr verkrampft und schweißgebadet an der Kante.

Seit Samstag bin ich wieder hier. Marie geht es, Gott sei's gedankt, wesentlich besser. Die Krise ist überwunden.

Gestern war mein erster Arbeitstag und natürlich ging ich nach Dienstschluss gleich in die Buchhandlung. Um dort eine Überraschung zu erleben:

Das alte Sofa stand auf wackeligem Fuß. Eine gut beleibte Kundin wollte sich bei der Hitze kürzlich ein kleines Päuschen gönnen, ließ sich stöhnend auf das Sofa fallen und, knirsch, ist sie samt dem Möbelstück linksseitig eingeknickt.

Miriam kennt kein Erbarmen und wird das gute Stück, ohne zu zögern, auf den Sperrmüll verfrachten. Ihre Erleichterung ist offensichtlich:

»Endlich kann ich die Leseecke neu gestalten. Da muss dringend frischer Wind rein!«

Soso!

Eventuell frage ich sie, ob sie mir den Renoir überlässt ... ?!?

374 Tage im Leben warten?
Du lieber Himmel, nein, das wusste ich nicht. Dann lass uns doch dafür sorgen, dass es nicht noch mehr werden. Unser Treffen ist längst überfällig.

Komm vorbei mit deiner Minze!
Feiern wir den Sommer bei mir. Wir nehmen die Umleitung durch den Garten. Der ist ordentlich, die Terrasse bereits aufgeräumt.

»Erstens kommt es anders und zweitens als man denkt.« Wer hat das gesagt? Wilhelm Busch, wenn ich nicht irre.

Buchengasse statt Tizianstraße, Terrasse statt Balkon, Augustsonne statt Nebelfahrt. Wir sind doch wandlungsfähig.

Ja, bitte komm!

Ich warte auf dich!
Deine Eva

P.S.: Eventuell kenne ich ein kleines Häuschen, das mittelfristig frei wird.

Dank

Schreiben ist das Eine. Doch damit ein Buch in den Händen seiner Leser landet, sind Menschen mit Wortfeuer, Adleraugen, grafischem Know-How und Computer-Intelligenz gefragt. Denn ähnlich wie bei einem Orchester will alles auf den Takt genau, aber mit dem Blick für das Ganze dirigiert sein:

Ein dickes Dankeschön an Heidi Gloßner, die spontan ihre Unterstützung angeboten und das großartige Cover unseres Buches gestaltet hat.

Ebenso danken wir Gabi Höbenreich-Hajek für das Endlektorat und ihre stets inspirierenden, wohlwollenden Impulse.

Immer dann, wenn der Computer abstürzte oder das Programm nicht tat, was es sollte, stand uns Uli Palm mit Rat und Tat zur Seite. Herzlichen Dank!

Bei Dorothea Perniok möchten wir uns ganz besonders bedanken: Sie hat mit unglaublichem Engagement all die wunderbaren Illustrationen gezaubert, die unser Buch aufs Schönste veredeln.

Schlussdialog

Du meinst also, wir sollten noch so ein »Wort zum Schluss« verfassen?

Klar, unsere Leser möchten vielleicht wissen, wie dieses Projekt entstanden ist.

Wie wir zueinander gefunden haben und auf die Idee gekommen sind, gemeinsam ein Buch zu schreiben?

Roswitha Perniok (Eule)

Zum Beispiel. Es ist doch interessant, dass sich zwei ehemalige Kolleginnen und Fern-Freundinnen über ihre Liebe zu Büchern wieder näherkommen und auf einmal dieser Gedanke aufblitzt.

Wie unsere spontane Idee sehr schnell in Begeisterung umschlug und wir im Café – bei Cappuccino und auf Papierservietten – ein Brainstorming gemacht haben?

Genau! Dass wir die Themen eingekreist, ein grobes Konzept entworfen und dann einfach losgeschrieben haben.

Wir müssten auf jeden Fall erzählen, dass kein roter Faden existiert hat, wir nie wussten, was die andere schreibt und immer voller Neugierde auf den nächsten Brief gewartet haben.

Ja! Und dass genau das unglaublich spannend und inspirierend für uns war. Vielleicht sollten wir auch erwähnen, dass wir uns »dank« Corona während der Entstehung der Novelle kaum persönlich getroffen haben, sondern fast ausschließlich virtuell in Kontakt waren?

Unbedingt! Nicht zu vergessen: dass unsere unterschiedlichen biologischen Rhythmen ideal waren. Die Eule arbeitete nachts und die Lerche übernahm direkt morgens den Stift.

Du hast Recht. Gute Idee. Dann lassen wir das doch gleich so stehen und ergänzen nur noch, dass wir unglaublich viel Spaß beim Schreiben hatten und unseren Lesern viel Freude beim Schmökern wünschen!

Stephanie Palm (Lerche)

Stephanie Palm,
geb. 1960 im mittelfränkischen Gunzenhausen,

schätzt Sprachen und Bücher seit Kindesbeinen als ihre wertvollsten Inspirationsquellen. Beides zog sich wie ein roter Faden durch ihr Leben.

Sie begann ihren beruflichen Weg mit einer fremdsprachlichen Ausbildung und war im Export verschiedener Unternehmen beschäftigt.

Im Jahr 2000 wagte sie den Sprung in die Selbstständigkeit, zunächst als Typberaterin, Coach und Seminarleiterin. Mitten im Sprung entwickelte sie sich ab 2004 zur Autorin von Sachbüchern und professionellen Texterin für Webseiten. Heute ist Stephanie Palm überwiegend als Biografin, Ghostwriterin, Lektorin und Redenschreiberin tätig.

Nähere Informationen finden Sie auf ihren Webseiten. Sie freut sich über Feedbacks und Kontakt!

www.federfuehrung.com
www.stephanie-palm.de

Roswitha Perniok
geb. 1959 im oberbayerischen Markt Indersdorf,

hätte auf dem Weg zum Abitur durchaus auf die
Fächer Mathematik, Physik und Sport verzichten
können, niemals aber auf Musik, Sprachen und
Literatur.

Ihre Freude an Fremdsprachen konnte sie zum
Glück immer in ihren Beruf integrieren. Dieser
führte sie in einige internationale Unternehmen,
u.a. war sie viele Jahre in der Exportabteilung
einer Papierfabrik tätig.

Kein Wunder also, dass Papier ihr sehr vertraut
ist! Roswitha Perniok liebt das Rascheln von
Buchseiten, ihren Geruch, ihre Haptik.
Das geschriebene Wort ist von jeher ihre große
Leidenschaft. Sie inhaliert Bücher, verfasst
Gedichte und schreibt Rezensionen.

Und seit sie lesen kann, hatte sie diesen Traum:
ein Buch zu schreiben.